Kiwa & Yutaka
「神の右手を持つ男」

「跡……つけるな……って……」

貴和の肌は柔らかい。少し強めに吸うだけで、まるで花びらを散らしたように愛し合った名残。

「じゃあ……見えないところだ」

「え……あ……っ！」

すっと大信田の身体が沈んだ。ちくりと感じた痛みは、太股の付け根だ。


（本文P.27より）

神の右手を持つ男

春原いずみ

キャラ文庫

この作品はフィクションです。
実在の人物・団体・事件などにはいっさい関係ありません。

目次

口絵・本文イラスト／有馬かつみ

ACT 1

遠くから聞こえていたサイレンの音が、病院構内に入ると同時にぴたりと止《や》む。

「救急車、入ります！」

救急受け入れ口のオートドアが開き、滑らかにバックする救急車を飲み込んだ。

「お願いします」

ハッチバック式のドアが開き、ストレッチャーが降りてくる。

壁に寄りかかり、両腕を組んで立っていた医師がすうっと反動も何もなく身体を起こした。彼、御影貴和《みかげたかかず》は、この北西《ほくせい》大学医学部付属脳血管救命救急センターに所属する脳血管内科医である。

脳血管内科。あまり聞き慣れない分野である。脳とつけば、たいてい続くのは外科だ。脳外科。脳神経外科。しかし、外科は基本的に「中をあける」のが専門分野だ。腹部や胸部に関しても、開腹、開胸を伴わないアプローチを手がけるのは、内科のフィールドである。たとえば、血管造影や経皮的穿刺《せんし》術、心臓における体外ペーシングなどは、すべて内科医の仕事の範疇《はんちゅう》に入り、その延長上にあるのが、脳血管内科である。その名の示す通り、彼ら脳血管内科医の仕事は、開頭を伴わない脳血管へのアプローチである。

「お疲れ様です」

救命救急士にかけた声は、少し高めだが涼しげに落ち着いている。すっきりと整ったやや女性的な顔立ちに、ほっそりとした華奢《きゃしゃ》な身体。声を聞いても、女医と間違えられそうな端麗な容姿の持ち主である。

「お願いします。患者は六十歳男性、習慣にしているスポーツクラブでのトレーニングから帰ったのが、午後四時。そのまま疲れたと言って休み、午後十時になっても、夕食にも現れないため、家族が寝室をのぞいたところ、左の片麻痺《まひ》と構音障害を発症している患者を発見……」

「今は零時を回っています」

貴和は静かな声で言った。

「救急要請は？」

「入電は午後十一時四十分、現着午後十一時五十分です。何でも、大の医者嫌いとかで……近所に住んでいる息子さん夫婦まで呼び寄せて、説得したんだそうです。救急車に乗せるのも、正直……手こずりました」

「おい、貴和《キワ》。のんびりおしゃべりしてねぇで、さっさと手伝えっ！」

背後から聞こえたよく響く声に、貴和は苦笑した。

「お疲れ様でした。後はこちらで対応します」

「よろしくお願いします」

救急隊の撤収を横目に見ながら、貴和は患者に向き直った。


「……どうだ?」

「右……がっつりいっちゃってるね。狭窄《きょうさく》率は……」

貴和の長く器用そうな指が、エコー装置のダイヤルを操作すると、今までモノクロだったモニターに、鮮やかなカラーイメージが踊り始めた。

「九十パーセントオーバーかな」

貴和は、手にしたエコーのプローベを患者の右頸部《けいぶ》に当ててつぶやく。

「これはもう穣《ゆたか》の範疇だな。はい、交代」

「おいおい」

さっさと立ち上がると、貴和は背後に立っていた長身の医師に、エコーの前の椅子《いす》を譲ってしまう。介助についていてくれていた看護師がくすりと不謹慎にも笑った。

「相変わらず仲がいいですね。脳センの名コンビは」

「そりゃ、迷うの方か?」

「とぉんでもない。もう、以心伝心。恋人同士みたいな名コンビって、もっぱらの噂《うわさ》」

「おまえらの考えてることはよくわからん」

患者の首にプローベを当てながら言い返したのは、席を譲った貴和とは対照的な雰囲気と容姿の医師だった。物静かで水のように涼やかな貴和に対して、かっちりとした筋肉質の長身に小麦色の肌、顔立ちも整ってはいるが、美形と言うよりも個性的なはっきりとした目鼻立ちをしている。彼、大信田《おおしだ》穣は貴和と同じ北西大学医学部付属脳血管救命救急センター、通称『脳センン』に所属する脳神経外科医である。

「……アテロームか？」

「そうだね」

患者の搬入からわずか十五分。貴和はこともなげにさらりと言う。

「プラークの輝度《きど》がずいぶん高い。血流の流速もかなり速くなってる。ここまでがつがつになってるとステントじゃ対応できない。ＣＥＡの対象だね」

「神の御子《みこ》のご託宣か」

はっきりとした滑舌のいい声に振り返ると、そこに立っていたのは、臨床医の戦闘服である術衣に長白衣をラフに羽織った医師だった。まだ三十代に入るか入らないかという貴和と大信田に対して、彼は若干年上といったところか。長身ではないが、エネルギーに満ちたがっしりとした身体つきと強い光を帯びた目が印象的だ。

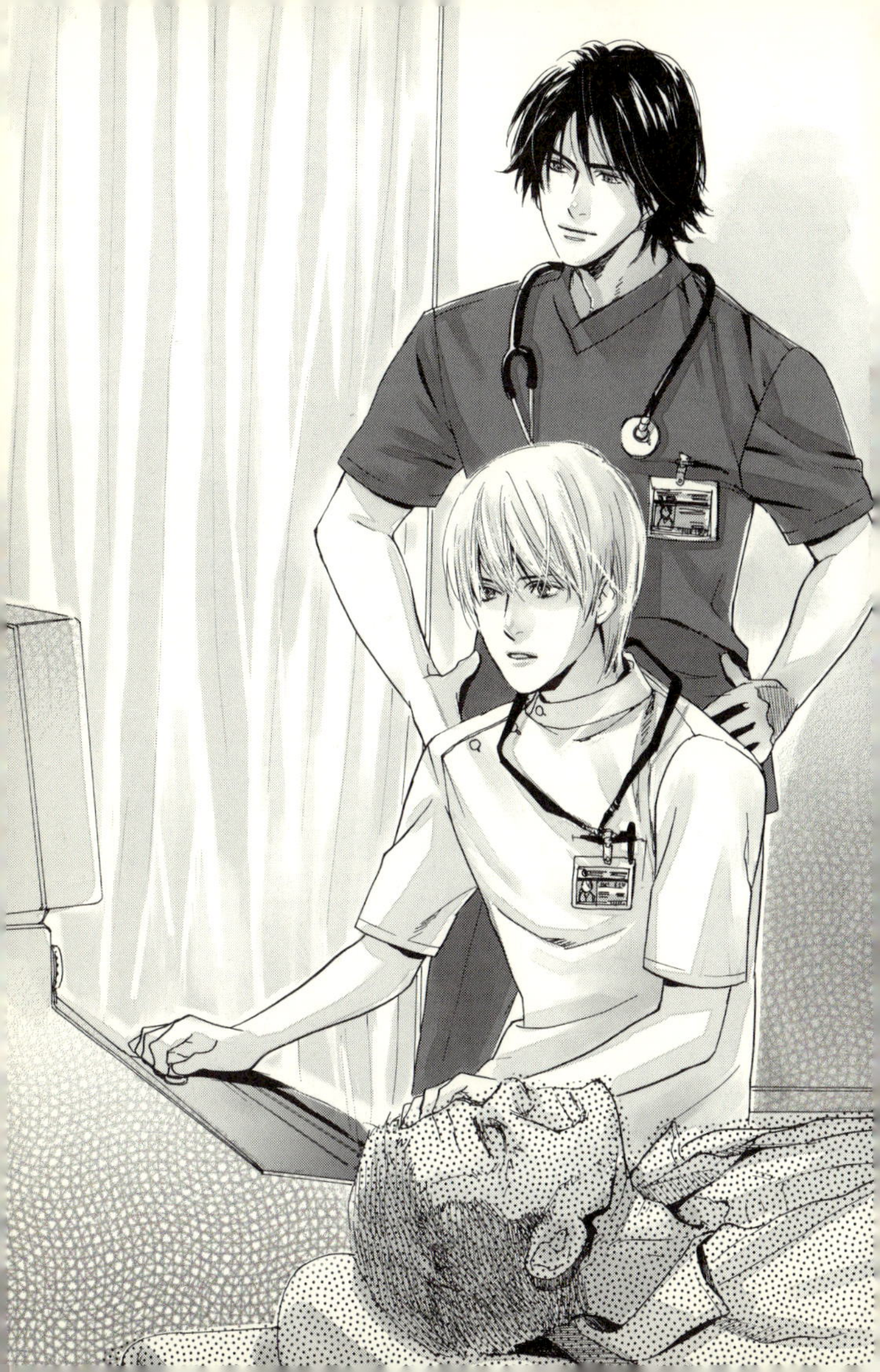

「まだいらしたんですか？　相良《さがら》先生」

　思わず壁の時計を見上げる貴和に、相良と呼ばれた医師は肩をすくめた。

「いて悪いかよ」

「相変わらず、『血内』の助教授さまは地獄耳だ」

　エコーのプローベを患者の麻痺の原因と思われる右とは反対にあたる左側に当てながら、大信田が言った。

「それに引き替え、我が『脳外』ときたら……ポケベル応答もろくにありゃしねぇ」

「……左も狭窄している……」

　貴和の静かな声がすっと空気を切った。

「狭窄率は……七十パーセント。輝度は等度……無症候性として、ステントで対応できるかな」

「おいおい」

　軽く右手の人差し指の節をくわえるような仕草をしながら、貴和が言うのに、相良が苦笑する。

「貴和ちゃんや、あんまり突っ走らんでくれ。常人である他の医者どもや患者に説明するには、あと三つか四つの検査をせにゃならん。誰もがおまえさん並みの神の御子じゃねぇってこと、いいかげんわかれよ」

「はい？」

すうっと貴和が視線を上げた。栗《くり》色に透き通る不思議な瞳だ。さらさらと目元を覆う素直な髪も瞳に合わせたような淡い栗色の彼は、全体に色素が薄い体質らしい。

「あ、ああ……すみません」

貴和はきょとんとガラスのような瞳を見開いた後、軽くすっと頭を下げる仕草をした。見えすぎる。

それがある意味、貴和の最大の特徴だった。

貴和の目には、普通の医師の目には見えない像がしっかりと映るらしい。だから彼は、異様なまでに決断が早い。彼に任せておくと、あれよあれよという間に検査が進んでしまい、時には家族へのムンテラが間に合わなくなって、後で問題になってしまうこともしばしばだ。

「……眉間《みけん》に皺《しわ》」

「あとはまた明日な」と言って、相良が鼻歌を歌いながら去っていくのを見送りながら、大信田は言った。

「不満か？」

「別に」

貴和はふっと軽く息を吐く。

「……わかっていることをいちいち確認することが、患者のためになるのかどうかを考えていただけ」

「こえぇこと言うな」

看護師に指示をして、患者を次の検査に送ってから、大信田はすっと貴和に身体を寄せた。すっかり静かになった深夜のエコー検査室はふたりきりだ。

「……」

貴和の滑らかな頬《ほお》を軽く手のひらで包んで、唇に触れるだけのキスをする。

「神の御子……か」

「その名前は嫌いだよ」

神の御子。

この『脳セン』で、御影貴和の名は知らなくても、神の御子の名を知らないものはいない。いつから、いったい誰が呼び始めたのかは不明だが、気がついた時には、貴和はその名で呼ばれるようになっていた。貴和自身は畏《おそ》れ多いその名で呼ばれることを嫌うのだが、一度でも彼の見えすぎる目と切れすぎる手を目の当たりにしたものは、例外なくその名で貴和を呼ぶようになる。

「……患者さん、見てくる」

優しく頬から耳のあたりまでを撫《な》でる大信田の温かな手をそっと押し戻して、貴和はつぶやいた。

「ああ」

深く優しい声で答えて、大信田はもう一度貴和の頬に軽く唇を触れる。

「行くか」


「さてと……以上が、今回のカンファの症例の経過です」

脳セン最上階にある第一カンファレンス室には、十人ほどの医師が集まっていた。ずらりとシャーカステンにかけられているのは、ＭＲＩやＣＴ、血管造影のハードコピーで、横のカラーモニターには、頸動脈エコーの画像が映し出されている。

「右頸部には明らかな血管雑音があり、エコーでは左右の内頸動脈起始部に狭窄が認められました」

カンファレンスの進行をしているのは、脳神経外科の大信田である。

「画像診断からもそれは裏付けられています。狭窄率は症候性である右が九十二パーセント、無症候性の左が七十パーセントです」

「ＣＥＡの対象だな」

すぱりと切り落とすような調子で、大信田の言葉を遮《さえぎ》ったのは、脳神経外科の講師である松《まつ》永《ながしゅうじ》秀司だった。

「右はCEAで対処、左は無症候性なら経過観察でいいだろう」

　CEAとは頸動脈内膜剝離《はくり》術の略で、外科的に頸動脈を切開し、内膜にできた血栓の塊であるプラークを剝《は》がし取るものだ。

「それはちょっと乱暴じゃないでしょうか」

　すっと手が上がり、涼しい声が響いた。カンファレンス室の配置は長机を二つ向かい合わせた形になっており、脳神経外科と脳血管内科の医師たちが向かい合って座っている。その血内の末席に静かに座っていた医師が発言を求めた。貴和である。

「無症候性といっても、狭窄率は七十パーセントオーバーです。見過ごしていい時期は越えていると考えます」

「まずは症候性の方からだろう。血内の出る幕じゃない」

　冷たい口調で叩《たた》き落とすよう言い返した松永は、大学病院のエリート医師というイメージを体現したらこうなるといった感じの男だ。色白の細面に切れ長の目、鋭く光るフレームレスのメガネ。薄い唇を歪《ゆが》めて、彼はさらに言い放つ。

「自分の受けた患者だ。手出ししたいのはわかるが、ここは君のステージじゃない」

「松永先生」

　きっぱりとした強い口調で、大信田が割って入る。

「言い過ぎです。それでは、カンファレンスの意味がありません」

「だから、こんなカンファレンスは時間の無駄だと言っている。なぜいちいち、血内と交渉しないとオペができないんだ。私には脳センのシステムが理解できないね」

「そりゃ、あんたの親父さんに言いなよ」

間髪入れずに返した血内助教授相良の言葉に、思わず口元を押さえる医師たちがいる。松永の父は脳神経外科研究室の現教授であり、松永講師の別名はかなりの嫌味も込めて『王子さま』である。

「とにかく、御影先生の意見も聞いてみる必要があります。緊急検査は、彼がほとんど手がけていますので」

「はい」

促す大信田に、貴和は口元だけで微笑《ほほえ》み、すっと軽く頭を下げた。さらさらとした栗色の髪が目元を覆うのを、白い指先でかき上げる。

「症候性の右に関しては、松永先生のご意見通り、ＣＥＡの対象と考えます。しかし、無症候性の左を放置というご意見には承伏しかねます。無症候性といっても、狭窄率が七十パーセントを超えており、また長年放置していた持病の高血圧と高脂血症の影響も考えると、ＣＥＡからの回復を待って、左にはステント留置による血管内治療を試みるべきと考えます」

貴和は軽く大信田に頷《うなず》いた。大信田がリモコンを手にとり、エコー画像を二画面に切り替える。

「……この通り、右がかなり固いプラークで塞栓《そくせん》されているのに対して、左は繊維《せんい》性のプラークと考えられます。これが固くなる前に、予防的な意味でもステント留置を考慮に入れるべきと考えます」

「まぁ……CEAを優先に考えるわけだから、それでいいんじゃないのかなぁ」

ゆったりとした口調で言ったのは、脳神経外科研究室助教授の満井《みつい》だ。

「右をステントって言われたら、俺も首かしげるところだけど、御影先生の意見は筋が通っている。脳外としては異を唱えることもないと思うけどね」

松永は黙ったままだ。大信田は肩をすくめる。

「……それでは、今回の症例に関しては、症候性の患側は脳外科によるCEA、無症候性の健側は脳血管内科によるステント治療という方針でよろしいでしょうか」

ほぼ全員が頷き、カンファレンスは終了した。

「相変わらずだな、相良先生は」

カンファレンスを終え、貴和と大信田は昼食を終えた食堂から出て、大学構内を歩いていた。

「ある意味、怖いものなしの人だからね」

思いきり背を伸ばしながら言った大信田に、貴和は小さく笑って答えた。

「権力志向ゼロだから、人の顔色窺《うかが》う必要もないし、腕は世界クラスで他の追随を許さない。ある意味、無敵だと思うよ」

「へぇ……」

大信田は少し驚いたような顔で、貴和を見ている。

「おまえでも、そういうこと言うんだな……」

「そういうこと？」

ふたりは肩を並べたまま、桜の花びらがひらひらと舞う中を歩いていた。

北西大学は、旧帝大の流れを汲《く》む名門である。特に医学部は、国内でも五本の指に入るというトップレベルの知性を揃《そろ》え、常に最先端を走り続けるエリート中のエリート学部である。そしてその中でも、もっとも有名なのが『脳セン』こと、北西大学医学部付属脳血管救命救急センターだ。超高磁場ＭＲＩから最新鋭ＩＶＲ、ガンマナイフとさまざまな最先端機器とそれを自在に扱う高い技術と知性を誇る医師たちを揃えた『脳セン』は、まさに北西大学医学部一の花形部門といえる。

「いや、だから、権力がどうのこうのってやつ」

ちょうど構内は昼休みの時間にあたっていた。当然のことながら、病院機能が完全に停止することはあり得ないが、交代で休憩に入っている病院スタッフや同じ構内にある医学部、歯学部の学生たちが三々五々食堂や生協に出入りしている。

「別に、僕自身がそっちを指向しているわけじゃないよ」

貴和はゆっくりと首を振る。さらさらとした滑らかな髪から微《かす》かな香りが零《こぼ》れた。桜の淡い香りだ。

「そういうのはね、政治家のセンセイに任せておけばいい」

「……確かにな」

貴和と大信田は、所謂《いわゆる》幼なじみという関係だ。生まれた時から近所に住み、同じ学校に通い、たまたま進路が同じ医師を目指していたため、同じ大学の同じ学部に進み、専攻も外科と内科に分かれはしたが、同じ脳神経系の研究室に所属している。この年齢の男がずっとつるみ続けることは珍しいが、物静かでおとなしい貴和とクールでアグレッシヴな面を持つ大信田は、個性が正反対を向いているのが逆によかったのか、ころころと転げ回って遊んでいた子供の頃とあまり変わらない距離感のまま、大人になってもいちばん近いところにずっとお互いを感じ続けていた。

「ところで、先週の……大成会《たいせいかい》のあれだけど」

ふっと陽《ひ》が陰った。雲が流れて、太陽を覆い隠し、ざっと風が吹く。桜吹雪が舞い上がり、視界が一瞬白く染まる。

「あ、ああ……」

まるで、その激しすぎる春の嵐《あらし》から逃げるように、大信田は貴和の肩を抱いて、脳センの屋内に戻った。いつも首から下げさせられているＩＤカードをスリットに滑らせてドアを開ける。

貴和が言葉を続けた。

「やっぱり、カバードステントで血流遮断《しゃだん》するのがベストだと思うんだけど……穣はどう思う？」

「どうって……なぁ……」

北西大医学部の中でも、脳センはもっとも新しい建物である。内部は柔らかいアイボリーホワイトで統一され、高い吹き抜けと数多く設けられた天窓のおかげで、病院施設というよりも、まるでリゾートホテルのような明るさに満ちている。

「だが、松永は開ける気満々だろ？」

「……まぁね……」

貴和は深いため息をつく。

貴和と大信田の今の立場は、大学の研究室に所属する医員である。当然のことながら、大学からの給与は発生せず、生活していくためには派遣勤務をこなすしかない。ふたりは脳血管内科と脳神経外科という科の違いはあるが、大学にほど近い大成会脳神経外科病院に、当直も含めて週二日勤務していた。

「穣も？」

「まぁ……脳外科医としてどうかと言われたら、そうだと答えるしかないだろうな」

　ふたりが話しているのは、先週、派遣先で出会った症例についてだった。眼科の開業医から紹介されてきた患者で、数ヶ月に渡って、ものが二重に見える複視を訴えていた。診断は左外転神経麻痺《まひ》。その原因は、左海綿静脈洞部内頸動脈にできた最大径三十ミリに及ぶ巨大脳動脈瘤《りゅう》だった。

「でも、患者さんはまだ若い。外科的にあの場所を開けるとなると、ちょっと合併症がね。もしもってことを考えると……」

　まだ昼休みは少し残っている。ふたりは再び顔を出した陽のあたる研究室前のソファに並んで座った。

「じゃあ」

　大信田がゆっくりと言った。

「おまえならどうする」

　貴和はさらさらと滑らかな髪を目元からかき上げて、耳にかける。物事を考えている時の子供の頃からの癖だ。

「だから、さっきも言ったけど、やっぱりステントだね。位置的にも形状的にも、コイル塞栓には向かない。ベアステントで内頸動脈を整流化して……それで動脈瘤消失できればいちばんいい。だめだったら、カバードステント追加って感じかな」

　静かな口調で、貴和はすらすらと言った。穏やかで物静かな貴和の中にある鋭い知性がほの見える瞬間だ。

「……」

　動脈瘤の治療法にはふたつある。ひとつは大信田のような脳神経外科医の仕事の範疇である開頭術によるクリッピング。こめかみのあたりからメスを入れて、頭蓋《ずがい》骨を外し、動脈を露出して、そこにできている動脈瘤の茎の部分を金属製のクリップで結紮《けっさつ》、血流を遮断するものだ。

　もうひとつが、貴和のような脳血管内科医が手がける経動脈的なアプローチで、足の付け根からカテーテルを挿入して、動脈瘤の部分まで進め、柔軟なプラチナコイルを動脈瘤内に挿入、とぐろを巻くような〝ケージ〟（鳥籠《とりかご》の意）を作り、さらにその中にコイルをぐるぐると詰め込んで、動脈瘤を充填《じゅうてん》、塞栓してしまうのが〝コイル塞栓〟。今、貴和が口にしていたのが、同じく足の付け根からカテーテルを挿入して、ステントと呼ばれる金網で作った筒を動脈瘤を栄養する血管部分までガイドし、そこに留置することによって、動脈瘤に流れ込んでいた血流を整え、時には〝カバードステント〟と呼ばれる、金網でできたステントの外にカバーをつけたステントを動脈瘤をふさぐように留置し、血流を整えると共に、動脈瘤自体への血流をストップしてしまうというものだ。

「で？　患者はどっちを希望しているんだ？」

　大信田が低い声で言った。貴和が小さく笑った。

「そりゃ、誰だって頭をぱかっと開けられるのは怖い。それに女性だしね。傷が顔に残るのはためらう」

貴和の声はいつも穏やかだ。医師としての説得力や看護師たちへの指示を出す立場という点では、やや頼りないとも言われているが、その穏やかさが患者の重い口や心を開かせてしまうこともある。大学病院に所属している医師の中には、患者を威圧してしまうタイプの者も多い中にあって、貴和は独特の存在感を持っていた。

「まぁ……松永先生には嫌味言われたけどね」

貴和はふっと小さく苦笑しながら、ため息をついた。

「王子さまか……」

脳神経外科研究室のトップ、松永教授のひとり息子である彼は今、貴和と大信田が派遣されている大成会病院に、一年の契約で常勤派遣されている。貴和がその端整な容姿と物静かな穏やかさで存在感を持っているとしたら、松永はその対極にいる。つまり、威圧感の塊ということだ。

「松永先生は、二度手間だとおっしゃる。最初にベアステントを留置して、だめだったら、カバードステント。そんな手間をかけるんだったら、開頭すれば一回で済む」

「一回で済む……か。奴らしい言いぐさだな」

ふんと大信田は鼻で笑う。貴和は肩をすくめた。

「身体侵襲性に対する考え方の違いなんだとは思う。確かに、ステントでも麻酔はかけなきゃならないし、全身へパリン化も必要。それを一回で済ますか、二回かけるか……松永先生はそれをおっしゃるんだと思うけど」

　貴和はふうっと深くため息をつく。

「でも、やっぱり身体にメスを入れる……脳にメスを入れるのは、最終手段だと、僕は思う。そんなこと言うと、それはきれいごとだって、言われるんだけど」

「脳外科医としては耳の痛い言葉だな」

　大信田はふっと笑った。

「で？　今週行くと、その決定がされているわけだ」

「今頃、メール来てるんじゃないかな。もしステントなら、その準備もあるし」

　貴和が立ち上がる。その肩が少し落ちていることに、大信田はふと不安を覚える。

「貴和……」

　両手を背中で組み、ふっと胸を反らすようにして、貴和は大きく息を吸い込む。天窓から射し込む光に、その栗色の髪がきらきらと透け、まるで宝冠を戴《いただ》いているようだ。目を閉じ、深く息を吸って、貴和は顔を上向ける。

「ま」

　さらりと髪を振り、貴和は静かに視線を下げた。澄んだ栗色の瞳が大信田を穏やかに見つめている。

「大成会の井澄《いずみ》院長は血管内科医だからね。たぶん、患者さんの希望通りになると思う」

ふっと微笑んで、貴和はすぐ目の前にある白いドアに手をかけた。出ているプレートは『脳血管内科研究室』。

「じゃ、また……ね」

「ああ」

昼下がりの研究棟。ふと人通りが途切れる。大信田は軽く貴和の腕を摑《つか》むと、くっと自分の方に引き寄せた。

「声出すな」

「わ……っ」

ふわりと桜色に色づいた滑らかな頬に軽くキスをする。

「穣……っ」

「だから、声出すなって」

ふっと唇を歪めて笑うと、大信田は貴和の腕を解放する。

「今夜、来いよ」

桜の色を頬にとどめたまま、貴和は小さく唇を開き、何かを言いかけて、そして、微《かす》かにこくりと頷いた。

「おい……寒いから、窓閉めろよ」

「うん……」

飽きることなく窓際に佇《たたず》み、じっと外を見つめている貴和の肩越しに、大信田はからりとサッシを閉じた。さっとカーテンを引き、そのまま幼なじみをそっと抱きしめて、ふたりには少し狭いベッドへと誘う。

「久しぶりに来たんだから」

「うん……」

大信田の住むマンションは、桜並木が美しい公園を見下ろせるところに建っていた。桜が満開の今は、ライトアップされ、午後八時を回った今も三々五々夜桜を楽しむ人々がそぞろ歩いている。

「……忙しかったから」

役職もなく、常勤でもない医員のふたりは、脳センでの仕事と大成会でのバイト以外にも、さまざまな短期派遣や健診のバイトによって生活している。その合間に自分の研究や勉強をする。時には眠る暇もないほどのスケジュールで動き続けているふたりは、こんな風にゆっくりと夜を過ごすこともなかなかできなくなっていた。

「桜……散るね」

首筋に口づけ、慌ただしく胸元へと指先を滑り込ませてくる幼なじみの腕をそっと握り止めて、貴和は微笑んだ。

この生まれた時からの幼なじみとより深い関係になったのは、大学に入った頃だった。こんな桜の舞い散る季節に、ふたりはお互いの中にずっと育ててきた友情とは色合いを変えた思いに気づき、そして、それを確かめ合った。

「毎日……大学の中の桜は見ていたはずなのにね……」

「目に入るのと意識して見るのは違うからな」

微かなミントの香りのする貴和の髪に頬を埋めて、大信田は囁《ささや》いた。

「……見ているだけと、こうして……触れるのも違うしな……」

そしてすぐに吐息が溶ける。ひとつに。

「ん……ん……っ!」

大信田のキスは、いつも貴和の意識を危うくさせる。深く唇を合わせ、舌を絡ませて、その吐息をすべて奪い取るからだ。

「貴和……」

しっとりと濡《ぬ》れた前髪をかき上げて、大信田はふっと笑った。歯並びのいい彼だが、右の犬歯だけが少し大きい。普段は気づかないのだが、彼がふっと唇を歪めるようにして笑う時だけ、肉食獣の趣が漂う。

「穣……だめ……だってば……っ」

そっと首筋にその歯をたてられて、貴和はかすれた声で囁く。

「跡……つけるな……って……」

貴和の肌は柔らかい。少し強めに吸うだけで、まるで花びらを散らしたように愛し合った名残《なごり》。

「じゃあ……見えないところだ」

「え……あ……っ！」

すっと大信田の身体が沈んだ。ちくりと感じた痛みは、太股《ふともも》の付け根だ。一瞬どきりとした後に、びくんっと身体が震える。

「あ……あ……っ！」

ひくりと軽い痙攣《けいれん》が貴和の肩を揺らす。

「ああ……ん……っ！」

「場所がよすぎた……か？」

「あ……だ……だめ……っ！」

吐息がいちばん感じやすい肌を撫でる。半ば悲鳴のような声を上げて、貴和の喉《のど》が大きくのけぞる。

「明日……起きられなくなるっ……あ……あ……っ！」

「俺が起こしてやる」

「嘘つ……き……っ！」

大信田はいつも強引だ。優しいくせに、貴和が嫌がることはしないくせに、貴和を泣かせる。涙を浮かべて震える貴和にさんざん声を上げさせ、鳴かせてから……優しくしてくれる。

「貴和……いい……か……」

「ん……う……ん……」

とろとろととろける身体に、貴和の声が甘くうわずる。

「ゆた……か……穣……」

舌足らずな呼び名に、大信田の唇がふうっと微笑む。

「貴和……」

「穣……あ……あ……ああ……ん……っ！」

ひくりとのけぞる身体を抱きしめて、大信田は、快楽に薄く開いた唇に甘すぎる毒を注ぎ込むキスをした。

ACT 2

脳外科医の戦闘服が術衣とガウン、手袋で、武器がメスだとしたら、脳血管内科医の戦闘服は、その下にエックス線防曝《ぼうばく》用のプロテクターをつけ、同じ目的のゴーグル、もしくはバイザーを装着し、武器はカテーテルとなるだろう。

「やっぱり、神の御子のお手を煩《わずら》わせることになりましたね」

ガウンにバイザー姿でおっとりと言ったのは、大成会脳神経外科病院院長の井澄だった。

外科系病院にもかかわらず、院長の井澄は脳血管内科医である。元は優秀な脳神経外科医であったのだが、思うところあって内科に転科したのだという。内科医らしい器用さと外科医らしい大胆さの同居した素晴らしい医師であるとは、彼の部下である医師たちの評価である。

「その呼び名、やめてください」

貴和は困ったように首を振った。

「ベアステントは二本ですか？」

滅菌のゴム手袋を指先にフィットさせながら、貴和は井澄院長の言葉を遮るように続けた。

「ええ。四ミリ径のものを。長さは十八ミリと十五ミリです」

「とりあえず、造影だけしてみましょうか」

穏やかな口調で言うと、貴和はすっと介助の看護師に向かって手を差し出した。

「ガイドワイヤをください」


デジタル・モニター上に、するすると進んでいく細いカテーテルが映し出されている。すでに挿入されているガイドワイヤを芯《しん》として、そこに被《かぶ》さるような形で中空になっているカテーテルは進められているのだが、画面上で見ている分には、まるでカテーテル自身がひとりでするすると目的地に向かって進んでいるようにすら見える。それほど、その動きはスムーズでスピーディだ。

「造影剤を」

差し出した貴和の手に、看護師が造影剤を詰めたシリンジを渡す。

「先生、撮りますか」

マイクから技師の声。外のコンソールについている担当技師の声だ。

「いいえ、見せていただくだけで結構です。もう少し上……ですね」

患部が映し出された。ステントと呼ばれる金属の網で作られた筒が二本、血管内に入っているのがわかる。その横にあるのが、今はまだ見えないが巨大な動脈瘤である。

「じゃ、流します」

透明な造影剤を詰めたシリンジのプランジャーを貴和の細い指が意外な強さでぐっと押し込むと、画面上に巨大な動脈瘤が真っ白に映し出された。七ミリを超えると危険と言われる動脈瘤。しかし、画面上のそれは実に最大径三十ミリの巨大なものだった。

「整流化はされていますが……不完全です。カバードステントを入れるしかないですね」

おっとりと、しかしきっぱりと言い切って、貴和は用意してきたカバードステントのパッケージを示した。

「サイズはいいいと思います。開けてください」

「はい」

介助の看護師が頷き、ピールパッケージを開き、術者である貴和に差し出す。

「ありがとう」

にこりと目元で笑って、彼は造影のために入れていたカテーテルをすっと抜いた。代わりに先端部分にステントを仕込んだ特殊なカテーテルを入れていく。

「……見事なもんだ」

ぽつりとつぶやいたのは、操作室のコンソールを操っている技師である。

「最初は顔だけの先生かと思ったけど……なかなかどうして」

「神の御子の名は伊達《だて》じゃないさ」

大信田が上機嫌で答えるのに、微妙な表情を見せたのは、細いフレームのメガネをかけた端整な顔立ちの医師だった。

「結局二度手間でしょう。違いますか」

松永秀司。通称王子さま。脳神経外科研究室のトップ、松永教授のひとり息子だ。きらりとメガネを光らせて、すっと顎《あご》を上げる。

「今の患者たちは勘違いをしています。麻酔や全身へパリン化を何度も行うことの危険性を十分に理解していない。身体さえ開けなければ安全だと思いこんでいる」

「それは……できることなら、身体に傷を付けるのは最小限に抑えたいと思うのは当たり前でしょう」

技師が振り返った。

「そりゃ、内視鏡手術なんかが決して安全ではないことは、わかってますよ。でも、頭はやっぱり別でしょう。頭蓋骨ぱかっと開けるって言われたら……やっぱ、ためらいますよ」

「医療従事者の君まで、何を言っているんだ」

松永の声は凍りつくほどに冷たい。

「そして、大信田先生もです。私と同じ脳外科医として、聞き捨てならないですね」

「聞き捨てならないって……同じ大学の同僚の見事な手並みを見て、褒めてはいけませんか？」

大信田は、ステントが進みにくくなったのを見て、迷うことなく素早くガイドワイヤを抜き取り、マイクロガイドワイヤに入れ替えた貴和の手際を見つめながら、ゆっくりとした口調で答えた。

「患者自身がカテーテルでのステント治療を望んだ以上、それが速やかに成功することを祈るのが医師としての本来の姿でしょう。もちろん、自分が治療を行う立場であれば、ベストを尽くす。ただ、それだけです」

やはり、すでに入っているベアステントがブロックした形になって、なかなかカバードステントが思った位置まで進まない。しかし、貴和は汗ひとつかかず、淡々と辛抱強くカテーテル操作を続ける。

「行けますかねぇ」

技師が透視を続けながら言った。

「どうかね。時間がかかればかかるほど、患者の負担は増す。それを理解しているのかどうか……」

「時間を……時計を見えるところに持ってきてもらえますか」

貴和の涼しい声がする。

「ごめんなさい。カテ操作に集中すると時間がわからなくなるので」

「はい」

看護師が掛け時計を外し、貴和の視線が届くところに掛け直す。

「マイクロガイドワイヤをもう一本出してください」

「バディワイヤですか」

井澄が心底感心したようにうめく。

「あなたは……とんでもないひとだな……」

松永の口元がひくりと歪んだ。


「お疲れ」

ひょいと差し出されたメンソールの煙草《たばこ》。ぼんやりと屋上のフェンスに腕をかけ、風に吹かれていた貴和はふわりと振り返る。

「ありがとう」

大きな仕事が終わった後だけ、貴和はごく軽い煙草を一本吸う。常に清潔感を漂わせている貴和の意外な喫煙癖を知っているのは、たったひとりだ。

貴和は見事に二本の細いガイドワイヤを自在に扱い、ほとんど不可能と思えたカバードステントの留置に成功していた。患者はすでに麻酔から覚醒《かくせい》し、順調に快方に向かっている。

「穣」

すでに火の点《つ》いた煙草をくわえていた大信田にそっと顔を近づけ、火を盗んで、貴和は優しく目を細めて笑う。

「ちょっと……時間かかったよね」

「……王子に嫌味言われたか」

フェンスに並んで立ち、すでに葉桜となっている桜並木を見下ろす。

「ちょっと……ね」

貴和の吐く紫煙は淡い。

「……脳外科崩れの井澄院長にちょっと褒《ほ》められたくらいでいい気になるな……」

「おいおい……」

大信田が苦笑する。

「脳外科崩れって……確か、井澄院長は松永教授の先輩だろ？　医者の世界は縦社会だぞ。いいのかよ」

「今の松永先生にとって、井澄先生は戦線離脱した裏切り者だよ」

貴和は肩をすくめた。

「たぶん……お父上の受け売りだろうとは思うけど」

「貴和……」

「頭痛いよ……」

貴和はふっと疲れたような笑みを浮かべ、ふわりと長く紫煙を吐く。

「僕は……別に松永先生と争うつもりなんてない。井澄院長に褒めてもらうつもりもない。ただ……」

「わかってるさ」

大信田はすっと手を伸ばし、貴和の肩を抱き寄せる。

「おまえのことは……俺がいちばんよくわかってる」

貴和が小さく頷く。

「それから」

子供の時からまったく変わらないさらさらと滑らかな髪に指先を埋めて、大信田はさらに囁く。

「誰よりも……患者が、患者のこれからが……おまえの腕の確かさを証明してくれる」

「うん……」

風が吹く。葉桜になっても、やはり桜の若い香りはここまで届く。同じ香りに包まれて、ふたりはしばらくの間、静かにその場に佇んでいた。その背後に、冷たく、どこか粘りつくような視線があったことにも気づかずに。

ACT 3

救急車は病院の近くまで来るとサイレンを止める。風に乗って空気を震わせていた音が止《や》むと同時に動き出すのは、その救急車を待ち受ける病院救急処置室だ。

「搬送患者は五十五歳男性、ＨＴ（Hyper Tension ＝高血圧）、ＤＭ（糖尿病）の既往あり。投薬治療中。深夜にトイレに起きたところで、右半身の軽度麻痺と構音障害に気づくも、ＨＴの Bad Control によるものと考え、降圧剤の飲み忘れを思い出し、一日分を一度に服用……」

「マジかよ……」

大信田が思わずため息をついた。

「昼近くになっても起きてこないのを不審に思った家族が様子を見に行き、右半身麻痺で動けなくなっている患者を発見し、救急搬送を依頼」

救急隊からの連絡メモを読み上げて、看護師がさらさらとカルテへの記載を始める。別の看護師が救急処置室のドアを開いた。すぐに救急車がバックしてくる。

「お願いしますっ！」

救急車のハッチバックが開き、ストレッチャーが引き出されるのは、いつもの光景だ。

「よし、始めるぞ」

腕を組んで、診療ベッドに寄りかかっていた大信田は、ステートを肩から外し、イヤーチップを耳に突っ込んだ。

「バイタルチェック……っ」

「大信田先生」

大信田が看護師に指示を与え、患者の乗せられたストレッチャーに近づこうとした時だった。

「お疲れ様でした。あとは私が診ますので」

背後からひんやりとした声がした。

「いや、まだ俺の診療時間ですし……」

振り返ると、そこに立っていたのは、やはり予想通りの人物だった。松永である。

「基礎検査をして、お渡ししますよ。貴和……御影先生もまだいるうちに……」

「必要ありません」

ぴしゃりと松永は大信田の言葉を遮った。その声音のあまりの強さに、周囲の看護師や救急隊員がぴたりと動きを止めている。

「先生……」

「ここの常勤医は私です。失礼だが、バイト医師である先生方には、患者を診断する権限はありません」

「松永先生……っ」

　思わず、大信田の声が尖《とが》った。

「それは……言いすぎではありませんか」

　松永と大信田は、同じ北西大学医学部脳神経外科研究室に所属する医員である。立場的にはまったく同格だ。

「確かに、先生はここの常勤派遣医ですし、私たちは週二日の定期派遣ですが……」

「ご自分の立場はおわかりになっているようですね」

　松永は冷たく言い放つと、無造作にポケットに入れていたステートをかけた。

「バイタルチェック。ルート確保して、とりあえず電解質をつないで」

「松永先生っ！」

「検査準備。ＣＴとＭＲ大至急」

　患者の傍《そば》にいた大信田を突き飛ばすように押しのけて、松永は次々に厳しい声で指示を飛ばす。

「いや、採血は後でいい。ＭＲの準備ができたら、そっちからだ。意識レベルは」

「松永……っ」

「先生、申し訳ありません」

看護師がすまなそうに、大信田の前を通る。

「ルート確保しますので……」

「あ、ああ、すまない……」

すでに、処置室は松永の支配の元に動き始めていた。大信田はくっときつく奥歯を噛《か》みしめると、その場を足早に立ち去ったのだった。


シャーカステンには、何枚かの画像がずらりと並べられていた。ＭＲＩ、ＭＲＡ、ＣＴの順である。そこに映し出されているのは、見るひとが見ればわかる人間の頭部の断面である。つまり、脳の輪切りだ。

「お疲れ様」

ふうっとため息をつきながら、医局に入ってきたのは貴和だった。

「先週のあの患者さん……カバードステント入れたひと、順調だよ。複視の症状も消えてきたし、ＭＲＡでも動脈瘤への血流がほぼ完全に遮断されて……あれ？」

そこまで言って、貴和は眉間に皺を寄せたまま、じっと考え込んでいる大信田を見た。

「穣……」

医局、カンファレンスルームと呼ばれるそこには、大きなテーブルがあり、簡単な会議を行ったり、テレビやビデオ、コーヒーメーカーが備えられているため、医師たちのちょっとした息抜きにも使われている。そこで、コーヒーが冷めたのも気づかぬまま、大信田はじっと何かを考えているようだった。

「どうかした？」

そこにふたりきりであることを確かめてから、貴和はそっと言った。大学の医局仲間は、貴和と大信田が幼なじみであることを知っているが、ここはそういう場所ではない。男同士が名前を呼び合うのも何となくはばかられてしまう。

「ああ……貴和か」

大信田がすっと愁眉《しゅうび》を開いた。

「検査、終わったのか？」

「とっくに。ちょっと、先週の患者さんのところに寄って診てきた」

貴和は大信田の隣に座ると、すいと手を伸ばした。猫舌の貴和は、冷めたコーヒーをおいしそうにすする。

「で？　何これ。論文の資料かなんか？　ＢＡＤ（branch atheromatous disease）だね」

「貴和……」

大信田が大きく目を見開いた。常に冷静で、声を荒げることもない彼には珍しいほどの表情の大きな変化だった。

「おまえ……」

「ハードコピーだから、ちょっと見づらいけど……これだね」

貴和の細い指がMRAの画像を指す。

MRAとは、MRI装置を用いて撮像する脳血管造影画像だ。通常であれば、造影剤を用いなければならないのだが、脳実質と水分である血液の信号の違いを利用して、MRIでは、血液自体を一種の造影剤として撮像することができるのだ。

「この……左中大脳動脈M1にかなりはっきりとした血流の不整……狭窄所見がある」

「ああ……」

「それから」

すっと指を滑らせて、次のフィルムを示す。

「この……デフュージョン（拡散強調画像）では、左放射冠のハイ（高信号域）がずいぶん大きい。臨床症状は聞いてないから、この画像だけで判断させてもらうけど……僕なら、これをBADと診断する」

「ラクナなんだ……」

大信田が言った。貴和がふっと眉《まゆ》を寄せて、首をかしげる。

「ラクナ？」

「穿通枝《せんつうし》領域のラクナ梗塞《こうそく》として、治療が開始されている」

「ちょっと待って」

それまでおっとりとしていた貴和の声音がふっと変わった。真剣みを帯びた、いつもより低い声になっている。貴和のチャンネルが切り替わる瞬間である。

「治療が開始されてるって……これ、いったいいつの……」

慌ててフィルムに顔を近づけて、撮像月日と時間を確認する。

「これ……たった一時間前の……っ」

「……ああ、救急車の音、聞こえなかったか？」

「僕、レントゲンの検査室にいたから……」

貴和はぱっと立ち上がった。

「これ、ラクナって……まずいよ、それ……っ」

ラクナ梗塞はごく細い脳血管が閉塞して起こる軽度の脳梗塞である。

「しかしな、貴和。俺も搬送されてきた患者をちらりと診たが、それほどの重症とは……」

「発症は」

「正確には……ただ、昨日の夜中に軽い右麻痺があって、朝になっても起きてこない……」

「それだ」

貴和の声が強くなった。

「それこそ、ＢＡＤの特徴だよ。穿通枝のラクナ梗塞で症状の悪化はあり得ない。そんなこと、考えなくたってわかる。症状の悪化は進行性梗塞の存在を示唆《しさ》しているじゃないか」

「……っ」

大信田の顔色が変わった。貴和は静かに抑えた声で言う。

「誰が診断したか知らないけど、穣もおかしいと思った。だから……こうやって、フィルムのコピーを焼いてもらって、眺めていた」

「……ああ……」

大信田は素っ気なく頷いた。

「俺が受けた救急だったんだがな。松永の野郎に追っ払われちまった」

「追っ払われたって……」

「まぁ……確かに、俺はここの定期派遣だからな。病棟を持つことはないし、救急をとっても、後のフォローはできない。常勤派遣の奴に任せるしかない」

「でも……っ」

貴和はぱんっと軽くテーブルを叩いた。日頃穏やかな彼には珍しい仕草だ。

「これを穿通枝領域のラクナ梗塞って診断したってことは、クリティカルパスなんかも軽度の設定になっている。それは絶対にまずい……っ」

クリティカルパスとは、患者の診療計画である。患者の疾病によって、いくつかのパターンが組まれており、それをアレンジすることによって、それぞれに合った形にする。

「だが、貴和……」

「臨床症状から見ても、これは絶対にＢＡＤだ。間違いない。早くクリティカルパスを変更して、ＢＡＤの治療方針を立てないと……っ」

貴和が言いながら立ち上がった時だった。

「ご心配には及びませんよ、御影先生」

ひんやりとした声がした。はっと振り返ったそこに立っていたのは、長白衣のポケットに両手を入れた松永だった。

「患者をちゃんと診てもいないあなたにどうこう言われる筋合いはありません。主治医は私です」

「画像は正直です。そこに疾患があれば、ちゃんと写ってくるし、なければ写りません」

貴和は静かな口調で言った。

「ここには、間違いなくＢＡＤの兆候があります」

貴和の細い器用そうな指がＭＲＡでの狭窄を示す。

「先生はこれを見ても、あくまでもラクナ梗塞とおっしゃいますか？」

「患者の様子を見たら、そんな馬鹿なことは言っていられませんよ」

松永は大げさに肩をすくめる。

「あんなに状態のいいＢＡＤなんかいやしません。明日には起き上がりますよ」

「先生……」

　すうっと貴和の顔色が青ざめていく。血の気の引く音が聞こえそうな、それはあまりに劇的な変化だった。

「僕の言うことに疑念があるのでしたら、この写真を井澄院長に見てもらってください。それでなおラクナ梗塞となったら、僕の誤りを認めます」

「なぜ、私がそんなことをしなければならないんですか」

　松永の口調は平坦《へいたん》だった。

「失礼だが、私はあなたよりもキャリアがあります。神の御子だか何だか知りませんが、自信過剰もいいかげんにした方がいい。あなたは常勤派遣にも出られない半人前でしかないんですよ」

「松永先生」

　大信田がさすがに立ち上がる。

「言い過ぎです。貴和の……御影先生の目が確かなのは、先生もご存じのはずです。御影先生は放射線科での読影研修も受けています。うちからも急ぐ読影は御影先生にお願いしているのは、先生もご存じでしょう」

　貴和は脳センに所属する一方で、放射線科での読影検討会にもよく顔を出していた。脳を開ける外科系と違い、血管内科は画像からすべてを判断しなければならないからだ。貴和の目の

確かさは放射線科でも評判で、教授がじきじきに転科を打診してきたほどだった。

「……それで？」

松永の目がすうっと半眼になった。ぞっとするほど冷たい目だ。

「それがどうか？　別に私個人は一度も御影先生の目とやらのお世話になったことはありません。何せ脳外は忙しいもので、のんびりひがな写真を眺めている暇はありませんから。やることのなさそうな方に回して差し上げているだけです」

テーブルに置いた貴和の手がきつく握りしめられて、小さく震えていた。日頃穏やかで、声を荒げることもない彼には珍しい、感情的な反応だった。

「……暇でも何でもいいですから、写真のダブルチェックをお願いします」

「必要ない」

貴和の凛《りん》とした声に被せるように、松永は高飛車に言い切った。

「私の患者のことは、私が決めます。ご自分の立場をおわかりでないようですからお教えしますが、あなたは単なる数合わせ、名義貸しのためにここに来ているんです。別に来ていただかなくても私としては結構なんですが、病院の経営上、仕方なく来てもらっているんです。医師免許さえあれば、誰だっていいんです。思い上がるのもいいかげんにしてもらいたいですね」

言いたいだけのことを言い捨てると、松永はふいと背を向けた。

「先生」

貴和の静かな声。しかし、その語尾は微かに震えている。

「お願いします……っ」

ドアが閉じる。そして、声だけが。

「その写真、持ち帰ったりしないでください。個人情報の漏洩《ろうえい》ですから」


対向車のヘッドライトが、貴和の青ざめた顔をゆっくりとなめていく。まるで、深海に沈みつつある壊れた人形のようだと、大信田は思う。

「貴和」

自宅に戻る車の中だった。ふたりは大学の研究室にちらりと顔を出しただけで、帰途についていた。仕事は山のようにたまっていたが、今の貴和の状態では、他人とディスカッションすることはおろか、文章すらまともに書けないだろうという、幼なじみであり、恋人である大信田の判断だった。

貴和は大成会病院を出てから、一言も口をきいていなかった。唇が血の色を帯びるほど強く嚙みしめ、ただじっと一点を見つめている。そこに何が見えるのか、大信田には何となくわかる。

そこにはおそらく、何かとてつもなく大きな壁か山のようなものがそびえているのだろう。

それは築く側にとってはごく容易に築けるものだが、崩そうとする者にとっては、あまりに強大な代物だった。その名は権力という。

「……相手が悪い」

大信田はぼそりと言った。今日はよく赤信号に引っかかる。雨もよいのせいもあって、車はなかなかスムーズに進まず、大信田の苛《いら》立《だ》ちをなお煽《あお》る。

「……ある意味、松永の言っていることは正論だ。確かに、大成会の患者に対して、俺たちは最終的な診断の責任をとることができない」

「……」

「たとえ、今日はおまえが自分の診断を通したとしても、結局クリティカルパスを作成するのは常勤である奴だ。これが定期派遣の限界……」

「……わかってる。でも……」

貴和が微かな声で言った。

「わかれ」

大信田は低い声で返した。

「……常勤にならない限り、こんなことは何度でも起こる。これから、何度でも起こるんだ」

「わかってる……っ!」

貴和がきつく目を閉じたまま低く言った。

「わかってる……そんなことは……わかっている」

「貴和」

信号がようやく青になった。大信田はゆっくりとアクセルを踏む。

「神の御子……か」

「え」

「井澄先生はおまえのことをそう呼ぶだろう」

貴和は苦い口調で答える。

「名前からだよ。御影なんて大仰な名字だから……」

「いや、井澄先生は確かにおまえを特別視している」

「そんなことはない」

「あの人は脳外科から血管内科に転科した医者だ。何でだか知ってるか?」

大信田は少し迷ってから、自分のマンションに向けてハンドルを切る。いつの間にか、雨が当たり始めていた。ウインドシールドが小さな水玉に覆われて、ふたりを細い雨の中に閉じこめる。

「……未破裂動脈瘤をクリッピングした患者がオペ後に亡くなった」

「え……?」

「動脈瘤は三つあった。二つはクリッピングできたが、もうひとつができなかった。場所が悪かったんだ。動脈瘤の大きさはオペ当時七ミリ。大きさ的にはぎりぎりだ。しかし、クリッピングした二つは十ミリを超えていたからな、オペの判断としては正しかった。だが……」

「その残ったひとつが……破裂した……？」

貴和の問いに、大信田はひとつ息を吐いてから頷いた。

「オペの三日後だったそうだ。まぁ……当時は特に問題にもならなかったらしいが、腕にも実績にも自信があった井澄院長にとっては、屈辱的ともいっていい出来事だったらしい。その直後に、彼は脳外科医の手が届かない動脈瘤をも塞栓する術を持つ脳血管内科医に転身した。当時、彼は脳外科の講師だったからな。かなりの大騒ぎになったらしい」

「そう……」

雨粒が大きくなってきた。大信田はゆっくりとワイパーを動かす。

「王子が井澄院長を裏切り者と思うのは、まぁ……彼の父親たる松永教授の刷り込みだと思うが、あながち的はずれでもない」

「穣……っ」

「彼は脳外科の可能性をある意味否定したんだからな。俺だって、ちょっと複雑ではある」

車は静かに地下の駐車場に滑り込んだ。

「そんな彼がおまえのことは特別視している。確かにおまえは脳血管内科医として、天才といっていいだろう。しかし、彼のおまえに対する信頼……無条件の賞賛は俺の目から見ても、特別だ。それを常勤医であり、彼が捨てた道である脳外科医の王子がおもしろくなく思うのは、仕方のないところだろう」

キュッと車が止まった。エンジンを切り、ふうっとまたひとつ息を吐いて、大信田は腕を伸ばした。身を固くしたままうつむいている貴和の肩に腕を回し、自分の胸に引き寄せる。

「いいか、俺たちは医者である前に大学病院という組織に属する人間なんだ。そして……残念ながら、松永は俺たちよりもその組織の中枢に近い場所にいる」

滑らかな髪を撫で、閉じた瞼《まぶた》に唇を触れる。

「患者はひとりだけじゃない。明日も俺たちの前に別の患者が現れるはずだ。たったひとりに……囚《とら》われるな」

貴和がふわっと瞼を開く。睫《まつげ》が触れそうな位置で、大信田はその澄んだ瞳に見つめられて、思わず身を引きそうになる。

「……帰る」

大信田の腕を押し戻して、貴和は小さくつぶやいた。

「貴和……」

「……送ってくれる」

「貴和、俺は……」

「……ごめん」

ジャケットの胸元を深く合わせ、その襟《えり》に顎を埋めて、貴和は再び目を閉じる。その硬質な横顔に、大信田はかける言葉を失って、車のエンジンをかけ直したのだった。

ACT 4

パソコンの画面には、さっきから小さなパンダがちょこちょこと動き回っている。ずっと操作がなされていないため、スクリーンセーバーが働いているのだ。

「行きたくないな……」

朝からずっとここに座っている貴和《たかかず》は、ぼんやりとつぶやいた。時計はもうじき正午。さっさと昼をすませて、派遣先である大成会《たいせいかい》病院に行かなければならない日だった。この一週間、貴和は何度かメールソフトを起動させては、画面を閉じることを繰り返していた。メールの送り先は大成会病院の井澄《いずみ》院長だった。彼なら、あのＢＡＤの患者に関して質問すれば、丁寧に答えてくれるだろう。しかし。

「知ったところで、僕はどうしようというんだろう……」

あの患者がＢＡＤであろうが、ラクナ梗塞《こうそく》であろうが、貴和には関係ない。確かに松永《まつなが》の言った通り、貴和には何の権限もないのだ。

「行きたくない……」

「御影《みかげ》先生」

ふうっ大きくため息をついたところで、貴和は後ろから声をかけられた。

「はい」

いつの間にか、すぐ後ろに立っていたのは医局長だった。

「急だけど、君の常勤派遣が決まったから」

「はい？」

貴和は思わず目を見開いていた。

「常勤って……僕、定期派遣があるんですけど……」

医局の異動は、基本的に五月だ。一日だけなどのピンポイントの出張は急に決まることもあるが、常勤派遣が五月を待たずに決まることなど、今までなかったことだ。

「それはいい」

医局長は、貴和の真っ直ぐな視線からすっと視線をそらしながら言った。

「派遣は来週から。向こうが借り上げの住居を用意してくれるから、身の回りのものだけ持っていけばいいだろう。この一週間で、こちらでの仕事の引き継ぎをするように」

「あ、あの……っ」

貴和は慌てて、きびすを返しかけた医局長の背を追った。

「常勤って……どこなんですか」

「光陽《こうよう》病院だ」

「え」

貴和の動きがぱたりと止まった。

光陽病院までは大学から車で約二時間。もっとも遠い派遣場所だった。しかも、今まで常勤派遣を送ったことなどないところだ。

「光陽には、脳血管内科がありますか……？」

「ない」

答えは端的だった。

「ないって……」

「君は神経内科を診ることになる。まぁ……景色もいいところだから、のんびりしてくればいい。救急対応もないし、急性期の患者もいないから、ちょうどいい骨休めに……」

「医局長」

貴和は思わず立ち上がっていた。

「どうしてなんですか？　どうして、こんなに急に……っ」

「それから、大成会病院には今日から行かなくていい。以降は脳外の方から二名の派遣を出すことになった。あちらの希望だ」

「納得できません」

貴和は言下に言い返した。

「先週まで、そんなお話は一切ありませんでした。今日も僕がやらなければならない検査が入っています。こんな中途半端な形で無責任なことはできません」

「御影先生」

医局長は完全にこちらに背を向けている。

「聞こえなかったか？　あちらからの希望なんだ。大成会病院は君に来てほしくないそうだ」

「そんな……」

何が起こったのか、わからない。一週間、たったそれだけの時間の中で、いったい何が起こったのか。貴和は反射的に電話に手を伸ばしていた。

「御影先生、ひとつ忠告しておくが」

そんな貴和の行動を見通したかのように、医局長が背中を見せたまま、冷たい声で言う。

「大成会病院に連絡を取ったりしないように。あちらの井澄院長もご多忙なんだからな」

研究室はしんと静まりかえっていた。決して広くはない室内に十人以上の医師がいたが、みな息を潜めるようにして、医局長と貴和のやりとりを見守っていた。ばたんとドアが閉じてからも、みな凍りついたように動かない。

〝馬鹿な……〟

貴和もまた動けない。

〝いったい何が……〟

昨日まで……いや、たった今まで、何の変わりもなかった。研究室にはふたりの秘書がついていて、所属する医師ひとりひとりのスケジュールを把握しているのだが、彼らからも何の連絡もなかった。

「どうして……」

思わずつぶやいた貴和の腕が突然ぐいと摑《つか》まれた。

「え……っ！」

「貴和《キワ》ちゃん」

低く囁《ささや》く声は聞き慣れたひとの声。

「相良《さがら》先生……っ」

音も気配もなくすうっと近づいていたのは、この研究室の助教授である相良だった。

「メシまだだろ」

「あ、はい……」

緊張感の全くない、いつもと変わらない口調に少しほっとする。

「メシ行こう。今日はおごってやる」

「どうせ学食のA定でしょう」

「鋭いな」

くすりと口元は笑っているが、その目は少しも笑っていないことに貴和は気づく。

「とにかく、ここは空気が悪くてかなわん」

相良は少し苦い口調で言い捨てる。

「来い」


相良に腕を引っ張られ、連れていかれたのは、意外にも学生と一緒になる学食ではなく、脳センの後ろに建っている高浜《たかはま》記念館に付属しているイタリアンレストランだった。ちょっとした会合に使われるこの高浜記念館は、医学部創設の功労者である高浜博士の遺族からの寄付によって建てられたもので、中には近くのホテルのレストランが出店している。ランチが三千円と貴和ですら尻込《しりご》みするような値段だが、結構学生の姿があることに驚く。

「貴和ちゃん」

全席禁煙の文字に苦い顔をしながら、相良が低い声で言った。

「……まずいことやっちまったなぁ」

「え……」

がしがしと髪をかきむしりながら、相良が言う。

「貴和ちゃん、王子さま怒らせたんだって？」

「怒らせた……?」

「そ。この一週間、ウチの沢渡《さわたり》教授、お隣の松永教授に呼びつけられて、コテンコテンにやられっぱなしよ。俺、当たり散らされて、えらい迷惑」

相良ははあっとため息をついて、天を仰いだ。

「なんだかんだ言って、あの人も親ばかでさぁ。王子さまのこと、可愛《かわい》くて仕方ないのよ。あいつ自身はあの通り可愛げのねぇ野郎だけど、親父にはがっつり甘えちまってるしさぁ……」

「先生、じゃあ……」

はっと顔を上げた貴和に、相良はかくんと頷《うなず》いた。

「先週、大成会で、貴和ちゃんと王子さま、トラブったんだって？　それを奴がすぐにぱぱに御注進あそばして、子供のケンカに親が出てきたってわけ。何せ、ウチの沢渡サン、松永教授の後輩だろ？　ねじ込まれると分が悪くてねぇ」

「ちょっと待ってください……」

貴和は混乱しきった頭を整理できないままに苦しげにつぶやいた。

「トラブルって……僕と松永先生は医者同士ですよ。見解の相違があったから、それを議論した……ただそれだけじゃないですか」

「それは貴和ちゃんの考え方」

相良が歌うような調子で言った。

「残念ながら、王子さまはそう思ってない。あのお坊ちゃま、過ぎるくらいの自信家だからねぇ。てめぇに議論挑んでくる奴がいること自体が許せねぇのさ」

「だからって……」

「特に野郎、貴和ちゃんのことは憎んでるって言葉が正しいくらいの勢いだからねぇ。この前のカンファでもそうだったろ？　奴さぁ、貴和ちゃんの人気がうらやましくて仕方ねぇの」

「何ですか……それ……」

「あの人はさ、力でねじ伏せるタイプじゃんよ。ま、人望とか人徳からいちばん遠いタイプだよな。だから、あいつのまわりにいるのは、あいつのバックについてる教授のご威光にひれ伏すようなタイプばっかし。貴和ちゃんみたいに、才能とか魅力に惚《ほ》れて寄ってくるんじゃない。それがおもしろくねぇのよ。まぁったく、ガキかよ。何でも欲しがる奴だ」

　ランチが運ばれてきた。いつもなら声を上げたくなるくらいの華やかな彩りも、今日はどこか色あせて見える。

「……先生、僕は……間違っていたんでしょうか……」

「あ？」

　フォークを取ることもなく、貴和は微《かす》かな声で言った。

「僕は……患者さんのためを思って……やってきました。今回のことも、僕の目には、あの画像はＢＡＤにしか見えなかった。松永先生があれをラクナ梗塞と読んだのは……ＢＡＤの画像をあまりごらんになったことがないからではないか……そう思っただけなんです。クリティカルパスを軽度に設定するのは危険だと……ただ、そう……」

「だからさ、貴和ちゃん、おまえさんのそういう真っ直ぐなところがうっとうしい奴もいるってことさ」

「うっとうしい……？」

　相良が頷く。

「医者がみんなおまえさんみたいな清潔な人格者ばっかりじゃねぇってことよ。大学の医局なんて、魑魅魍魎《ちみもうりょう》が跋扈《ばっこ》するところだからさ。野郎ほど極端でないにしても、神の御子《みこ》と呼ばれ、天才の名を恣《ほしいまま》にしているのに、権力志向もなく、おっとりしている貴和ちゃんを目の上のたんこぶにしてる奴は……残念ながら、それなりにいる」

　貴和は絶句していた。

　裕福なサラリーマン家庭に生まれ育った貴和は、ひとり息子だったせいもあって、あまり競争心なくおっとりと育った。生来の性格もあるのだろうが、人を陥れたり、踏み台にしたりということができない。そうしなければならない感覚というものが理解できないのだ。逆に言えば、そんなことをしなくても、今の『神の御子』と呼ばれるような立ち位置にまで、駆け上がってきたということに他ならない。

「確かに……僕は鼻持ちならないのかもしれませんね……」

「だからさ」

まったく食の進まない貴和を目の前にしても、相良は平気で旺盛《おうせい》な食欲を見せる。せっせとフォークを操り、次々に皿を空にしていく。

「考え方は人それぞれでいいんだけど、感じ方も人それぞれだってことは肝に銘じておいた方がいいってとこかな。とりあえず、今回については、場外乱闘で王子さまの反則勝ちになっちまったからさ。ま……もう少し器用に生きた方が人生楽だし、幸せになれるよ」

「……無理です」

貴和は静かに言った。

「え？」

「器用になんか……生きられない……」

トマトの酸味が舌に突き刺さる。それは小さな痛みに似ている。

「僕は……このままでいるしかありません」

「まぁなぁ」

相良が小さく笑う。

「だからこその貴和ちゃんなんだけどさ」

相良の前には、パスタの皿が運ばれている。

「とりあえず、今のところはウチの沢渡サンの顔、立ててやってくれや」

「……光陽に常勤派遣だそうです……」

貴和はふっと微かに笑った。そこに浮かんだのは、彼らしい穏やかな明るさではなく、どこか諦《あきら》めの伴った哀しげな笑みだ。

「脳血管内科のない……」

「何……」

さしもの相良も手が止まる。

「そりゃまた……俺、そこまでは知らなかったからさ。いやぁ、王子さまの憎悪もこりゃ相当なもんだな……」

「……僕はもう……いらないってことなんですね……」

「貴和ちゃん」

その言葉を聞いた瞬間、すっと相良の表情が変わった。普段も強い目の力が一層強くなる。

「それは……おまえさんらしくない言葉だな」

「え……？」

「貴和ちゃん、これは、大学内部に取り込まれて動きのとれない俺が言うことじゃねぇかもしれねぇけどさ。医者ってのは、どこに行っても……患者がいる限り医者だぜ？　最先端の医療機器がある場所だけが病院じゃねぇし、患者がいる場所でもねぇ。違うか？」

「先生……」

「まぁさ」

すでに相良のランチは終わりつつある。

「貴和ちゃんの島流しの場所として、光陽は悪いところじゃねぇよ。あそこは……俺が知っている通りだったら、貴和ちゃんをちゃんと受け止めて、癒《いや》してくれるところだ」

「……」

貴和は黙ったまま、うつむいた。そんな貴和をいつになく優しい目で見てから、ふと相良は口調を変える。

「……あのさ、貴和ちゃん」

身体を前に乗り出し、貴和にしか聞こえない声で言う。

「何か、だめ押しくさくて嫌なんだけど」

「……今さらですよ、先生」

貴和はほとんどの皿に手をつけないまま、エスプレッソを飲んでいた。

「……今回のこと、穣《ゆたか》には黙ってろよ」

「え」

意外な言葉だった。

「黙ってろって……」

「……言いたかねぇが、おまえさんの言葉はおそらく王子さまに筒抜けになるぞ」

「先生……っ！」

　相良が、研究室の違う大信田《おおしだ》をファーストネームで呼ぶのにはわけがある。彼は大信田の元家庭教師なのだ。中学から高校卒業までの六年間、大信田は相良の教えを受けた。ある意味、大信田の人格形成に大きな影響力を持った人物なのである。大信田と貴和の長い付き合いも知っているし、大信田の正義感の強い性格もよく知っているはずなのに。

「先生、お言葉ですが、穣は……っ」

「それが組織だからさ」

　相良は苦い声で言う。

「穣自身がどうこうじゃねぇんだ。ただ、あいつも組織の歯車のひとつだ。脳外科に所属している以上、松永親子の下にいることになる。長いものには巻かれなきゃならねぇこともある」

「でも、穣は……っ！」

「貴和ちゃん」

　相良は静かに首を振る。

「あいつはおまえさんが思っている以上に、上昇志向がある。権力志向といってもいいだろう。あいつの最終的な目標は……おそらく、トップに立つことだ」

「トップに……立つ」

「そうだ。奴の親父……大信田憲一《けんいち》がなし得なかった、日本の大学でのトップ……権力を握ることさ。そのためには、奴はおそらく何でもやるだろう」

貴和はゆるりと首を振りながら、かちゃんと音を立てて、カップを置いた。

「そんな……」

大信田の父親である、大信田憲一はこの北西大学の脳外科医だった。その腕の確かさに天才の名もついたが、結局彼は野に下り、今はアメリカの複数の大学で客員教授となり、全米を駆け回る生活をしている。日本の大学の中にいるには、彼はあまりに個性が強すぎたのだ。自分の腕に絶対の自信を持ち、縦社会である医師の世界で、傲然《ごうぜん》として、先輩医師たちを平気で押しのけ、次々に難しいオペを成功させた彼は、その腕を賞賛されるよりも先に、スタンドプレーを平気でやる医師として、批判を浴びたのだ。海外留学という手段で大学を飛び出した彼は、そのままついに帰国しなかった。彼は日本の医療界という狭い縦社会からはみ出し、自らそれを切って捨てたのである。

「穣は親父さんに対して、かなり複雑な感情を持っている。尊敬と憎悪……相反するふたつの感情さ。何せ、仕事仕事で、奴が生まれた頃からほとんど家には帰っていなかったようだし、渡米してからは完全な別居状態だからな」

「ええ。でも、それとこれは……」

「だからさ」

食事をきっちり終えて、相良はふうっとため息をつく。

「奴は、ある意味親父が逃げ出したところにがっつり根を張って、親父を見返そうとしている……俺にはそんな風に思えてならないんだがね」

「あ……」

その日一日を貴和は研究室でぼんやりと過ごしていた。いつもなら、派遣先である大成会病院に行っている時間なのだ。大学での予定は一切入っていない。

それでも、どうにかパソコンを起動し、論文用の症例をまとめようとした時だった。

「いけない……リポートの下書き入ったの、あっちだった……」

貴和が今まとめているのは、秋の学会に発表しようとしている論文だった。アテローム血栓性脳梗塞の治療に関してのものだ。大成会病院での症例を引いてくるので、ほとんど大成会にいる時にまとめていたため、向こうのパソコンにデータを置きっぱなしにしていたのだ。一応フラッシュメモリに落としてはあったのだが、それも先週のどさくさで置いてきてしまっている。

「まずいな……」

今さら、のこのこ取りに行くわけにもいかない。

「仕方ない……穣に頼もう……」

ぽつんとつぶやくと、貴和は電話を取った。医療用PHS以外の携帯通信機器は、院内での使用を禁止されている。それはこの研究室でも同様である。患者はいないものの、ここでの携帯の使用を許してしまうと、それをポケットに入れたまま、病院や脳センに出て行ってしまううっかり者が結構いるためだ。貴和は机の中を探って、北西大関連病院のリストを出し、大成会病院の名前を探す。

「あった」

大代表の番号にかけてみると、すぐに交換が出た。

『はい、大成会脳神経外科病院でございます』

「北西大脳血管内科の御影と申します。脳神経外科の大信田先生をお願いしたいんですが」

『お待ちください』

とろとろとしたオルゴールのメロディが流れてくる。

なかなか繋《つな》がらない。三分経ち、五分が経った。

『大変お待たせいたしました。お話しください』

ようやくオペレーターの声が戻り、貴和は子守歌のような保留音から解放された。

「……穣？　僕だけど」

『……』

電話の向こうはなぜか無言だった。

「穣？　聞こえてる？」

『……今、忙しいんだ』

それはひどく聞き取りにくい声だった。

普段の大信田はうるさいくらいに声が通る。姿勢がよく、長身のためだろう。声がよく響くのだ。しかし、今はがさがさと聞き取りにくい。

「風邪でもひいた？　声、変だけど」

『……用がないなら切る』

とりつくしまのない返事だった。

〝え……〟

貴和の中で、何かの警報のようなものが鳴り始める。

〝何か……おかしい……〟

「待って。僕の使ってたパソコンなんだけど……」

『……ああ、何かデータがいっぱいになって、ひどく重くなっていたとかで、先週再インストールしたそうだ。おまえのデータはもうない』

「え……そんな……っ」

思わず絶句してしまう。

複数の人間が使うコンピュータは、ついついキャッシュやデータが溜《た》まりすぎて、動作が重くなってしまうことがある。たまにキャッシュをクリアしたり、デフラグをかけて、データを整理することはあるが、パソコン自体を空にしてしまうOSの再インストールは、よほどのトラブルが起きない限り、やらないものだ。たとえ、ウィルスの感染などで再インストールの必要があっても、データを何らかの形で残し、OSをインストールした後に改めて入れ直すのが普通である。

『あのパソコンは病院のものだ。私用データを入れていたおまえが悪い』

「あ、うん……そうだね……」

何も言い返せずに、貴和はふうっとため息をついた。

「あのね、穣……」

『用はそれだけか』

電話は今にも切られてしまいそうだ。貴和は慌てて受話器にしがみつく。

「穣、僕、今週から……っ」

『……こっちに置いてあるおまえのものは、全部光陽病院に送っておいた。何か足りないものがあったら、こっちの総務に言ってくれ』

「ちょっと……穣……っ」

電話は一方的に切られてしまった。貴和は呆然《ぼうぜん》としたまま、受話器を握って立ち尽くす。

「いったい……」

あれは本当に大信田だったのだろうか。いや、恋人の声を聞き間違えるはずもない。

「どうし……て……」

貴和の理性は一瞬にして崩壊していた。何も考えずに、手にしていた電話から大信田の携帯のナンバーを発信する。しかし。

「……着信……拒否……？」

受話器から流れてきた信じられないメッセージに、貴和はただその場に呆然と佇《たたず》む。

何が起こったのかわからない。何が変わってしまったのかわからない。

しかし間違いなく、貴和が暮らしていた平和な場所はどこかに消えてしまったのだ。

ACT 5

その電話がかかってきたのは、貴和が光陽病院に常勤赴任する前日のことだった。

『御影先生、外線です。光陽病院の観月《みづき》先生からですが、お繋ぎしてよろしいですか？』

「光陽病院？」

貴和は思わず問い返していた。

〝どうして……？〟

「……お願いします」

あの日から、同じ脳セン内でも、大信田と会うことは一度もなかった。自宅電話もやはり着信拒否されているようで、何度かけても繋がることはなく、メールを打っても返事が来ることもない。自宅はもちろん知っており、合鍵《あいかぎ》もちゃんと持っていたが、それを使うことはできなかった。

貴和は怖かったのだ。

〝もうこれ以上……穣の冷たい声や……言葉を聞きたくない……〟

生まれた頃からの付き合いであり、恋人でもある大信田の突然の変貌《へんぼう》は、貴和にとてつもない恐怖を与えた。

〝穣のことは……みんな知ってると思ってた……〟

大信田のことで知らないことなどひとつもないと思っていたし、知らない顔があるなどと思ったこともなかった。

「人はそれほど簡単じゃないってことなのかな……」

自分の中にも知らない自分が潜んでいるのだろうか。ふと思考が落ち込む瞬間、また恐怖が貴和の心を震わせる。

『……先生？　御影先生？』

「あ、はいっ！」

受話器の向こうから響いてきた若々しい声に、貴和ははっと我に返った。

「すみません。えっと……」

『はじめまして。突然お電話差し上げて申し訳ありません。ぼ……私は光陽病院心療内科の観月と申します』

礼儀正しい知的な口調だった。

「はい。北西大脳血管救命救急センターの御影です。明日から……そちらでお世話になります」

『よろしくお願いします。あの、その件なんですけど』

観月と名乗った医師は、いったいいくつくらいなのだろうと、貴和はふと考えた。少し高めだが、柔らかい響きのある優しい声だ。

〝心療内科だって言ってたっけ……そんな感じだな……〟

『先生、こちらには車でおいでになりますか？』

「え？」

『いえ、今日の午後、そちらの大学に所用があって伺うので、よろしかったらご一緒にと思って……』

「あ、はい……」

貴和はわずかに首をかしげた。

〝え……？〟

『あ、あの……変な奴だと思ってますか？』

ふいによく響いていた声が自信なげになった。

「あ、いえ、そんなことは……」

『正直言って、北西大から常勤派遣をいただけるとは思っていなかったんです』

観月は訥々《とつとつ》とした調子で言った。

『ずっとお願いはしていたんですけど、なかなかいただけなくて。あの……先生は脳血管内科の先生ですよね』

「ええ……」

『……うちには最先端の医療機器はありません。ＭＲＩもないし、ＩＶＲなんかもありません。先生にとって、おそらく不本意だと思います』

「そんなことは……」

『だから、逃げられたら困ると思いまして』

「は？」

貴和の目が大きくなる。

「逃げるって……」

『光陽は北西大から遠いですから。長々運転しているうちに、来るのが嫌になっちゃうと困りますので』

「観月先生は……」

貴和はふっと微笑《ほほえ》んだ。

「そうだったんですか？」

『え』

電話の向こうがたじろぐ気配があった。その若々しい正直さに、貴和の頬《ほお》に柔らかい笑みが浮かぶ。

『……はぁ……まぁ、否定はしません』

「わかりました」

貴和は静かに頷いた。

「僕は車の運転が苦手です。迎えに来ていただければありがたいです」

『はいっ。ありがとうございますっ』

その真っ直ぐで青ささえ感じさせる若い声は、貴和の空っぽになってしまった心に痛いほどにしみ通ってきた。


「はじめまして」

約束通りの時間に貴和の前に現れたのは、すらりとした長身の青年医師だった。涼しげな目元と細面が知的な印象を与えるが、にっこり微笑むと口元からこぼれる八重歯《やえば》に愛嬌《あいきょう》があって、知性と若さがいい感じにミックスされている。

「光陽病院心療内科の観月明《あきら》と申します。よろしくお願いします」

「こちらこそ」

貴和はすっと頭を下げた。

「御影貴和です。すみません。わざわざ迎えに来ていただいて」

「えと、ついで……って言ったら失礼ですけど、ちょうどこっちに来る用もありましたし」

ふたりが顔を合わせているのは、北西大医学部の駐車場だった。

「申し訳ありません。こんなところで会うことになってしまって」

貴和は口元に苦笑を浮かべた。

この一週間、貴和は居場所をなくしていた。

何が面倒と言えば、人の心だろう。貴和が次期教授確実と言われている松永秀司《しゅうじ》を怒らせたという噂《うわさ》は、あっという間に脳セン内に広がった。松永自身にそれほどの人望はないのだが、やはり大きなバックを持っている人間であることは間違いない。力があれば、それに追従してくる人間も必ずいる。しかも、その松永を怒らせて、大学から追われるというサンプルが目の前にいるのだ。貴和に同情する者も多かったが、それを表に出して、自分もまた大学から追い出されたら……と思う者もまた多い。結果として、貴和は研究室のみならず、脳セン内でも完全に孤立していた。

「……大学構内で僕と一緒にいるのを見られると……観月先生にもあまりいい影響を及ぼさないと思うので……」

「……とにかく行きましょう」

観月はそっと貴和の背中に腕を回すような仕草をした。

「荷物はそれだけでいいんですか？」

彼は貴和が下げている小型のボストンバッグに目を留める。

「あ、ええ。何かいるものがあったら、向こうで買えばいいと思って……」

「ああ、そうですね。僕もそうでした。レファレンスはどうなさいますか?」

車のドアを開けてくれながら、観月が言う。

「ある程度のものは病院にありますけど、先生がお使いになるような高度なものがあるかどうかは……」

貴和は少しだけ笑った。

「……別に高度なものはいりません。観月先生が間に合っていらっしゃるなら、僕もそれで十分です」

「御影先生……」

貴和はするりと車の中に身体を滑り込ませる。中は微かに清潔なミントの香りがする。大きめのRV車はゆったりと貴和の身体を受け止めてくれた。

〝穣の車はスポーツクーペだったから……何となく狭かった……〟

少しだけまたずきりと痛んだ胸を抱えて、貴和は目を閉じた。


わずかに潮の香りがすると思った。

「あ……」

「あ、目覚めちゃいました？」

貴和は重い瞼《まぶた》をゆっくりと開けた。

「すみません……眠ってしまって……」

この一週間、貴和はほとんど眠っていなかった。身体は泥のように疲れているのに、精神が波立っているというのか、さわさわと胸のあたりが疼《うず》く気がして、どうしても眠ることができなかった。目を閉じると、その瞼の裏に見たくないものが浮かんできて、目を閉じるのも怖かった。見たくないもの……それは恋人の背中。広くて、ついすがりつきたくなってしまう恋人の背中。二度と振り返ることのない……恋人の背中。

「すみません。助手席で眠りこけるなんて……最低ですね」

北西大から光陽病院までは、車で二時間ほどだ。ちらりと時計を見ると、ちょうど一時間半が過ぎるところだった。

「いいえ。眠るっていうことは、僕の運転に安心してくださっているっていうことですからね。嬉《うれ》しいですよ」

ハンドルを握る観月が落ち着いた口調で言った。

「潮の匂いがしますね……」

高速からはすでに降りていた。貴和は少しだけ窓を開ける。

「ああ、海が近いですから。防砂林があるので、海自体は高台に上がらないと見えませんけど」

観月が答える。

「ですから病院の屋上からはよく見えますよ。西向きなので、特に夕陽《ゆうひ》がきれいです」

「そう……」

貴和はそっとジャケットの襟《えり》に顎《あご》を埋めて、目を閉じる。

「……いいですね」

「一応普通の病院なんですけど、土地の人たちには……療養所って呼ばれてます」

「療養所？」

「ええ」

観月がふっと笑う。

「お聞き及びかどうかわかりませんが、うちの病院は市立病院のサテライトなんです」

「サテライト？」

「はい」

観月が右に大きくハンドルを切った。

「以前には、常勤医師も今の倍くらいいましたし、病床も百床以上多かったと聞いています。でも、市立病院がこの地域の基幹病院になって、人員も病床もあちらに集中させられて、うちはサテライトと呼ばれる受け皿病院になりました」

「ああ……そういうことですか」

厚生労働省の推し進める医療制度改革のひとつである。こうして、ひとつひとつの病院における、最新鋭の高価な機器や高額になる医師の人件費の重い負担を軽減し、また逆に医師の過重労働を防ぐ意味で、急性期を診る高機能基幹病院の周囲に、サテライトと呼ばれる慢性期や軽度の疾患を診る小規模病院を配置し、患者の分散をはかる政策である。

「現在、うちの常勤医は僕を含めて五人、病床は百二十です」

かなり急な坂を登ると、病院が見えてきた。三階建ての瀟洒《しょうしゃ》な建物である。

「右手にあるのが、職員住居です。実はもともとは病院の一部だったんですけど、減床政策で改築して、今は僕のような独身の医者や看護師、技師さんが住んでいます。外は病院の一部っぽいですけど、中はちゃんときれいになっていて、マンションかアパートって感じですよ」

「風が……気持ちいいですね」

貴和は目を閉じたまま、微笑んだ。

「とても……静かなところですね」

光陽病院。診療科は内科、心療内科、小児科。

「外科系の患者は、隣の緑《みどり》が丘《おか》病院が診てくれます。あちらに外科と整形外科がありますので」

　貴和を迎えてくれた院長は、物静かな人物だった。

「私は院長の高田《たかだ》です。一応消化器系の内科なのですが、まぁ……ここにいる限り、何でも診ます」

「御影貴和です。よろしくお願いいたします」

　貴和は深々と頭を下げた。

〝島流し……か〟

　ここに来るまで、貴和は意識的に光陽病院に関する情報を入れていなかった。

〝まさか……サテライトだったなんて……〟

　相良が絶句したはずである。

　貴和は救命救急センターにいた医師である。脳血管内科医として、救急対応をしてきた第一線の医師なのだ。ところが、その彼が配置されたのは、救急どころか、急性期すら診ることのないサテライトだったのである。ここで貴和を待っているのは、施設の入所待ちや慢性期の患者、もしくは風邪などの軽疾患の外来患者だ。

〝終わった……んだ……〟

　全身の力がすうっと抜けていくようだった。

『神の御子』と呼ばれ、先輩医師ですら手こずる治療や検査を鮮やかにこなしていた自分はもういない。おそらく、ここから大学に呼び返されることはもうないだろう。ここには血管造影の装置もなく、低磁場MRIすらない。あるのは、一般のX線装置と少し前に導入されたヘリカルCTだ。貴和の持つ能力を生かすものは何もない。

「御影先生」

高田が落ち着いた声で言った。

「先生には申し訳ない人事です。私も先生のご高名は伺っています。北西から連絡が来た時には、本当に驚きました。まさか、神の御子が派遣されてくるとは思っていなかったもので」

「先生」

貴和はようやく顔を上げた。

「僕が……ここに来ると決まったのは、いつのことですか?」

「うちが連絡をもらったのは、十日前です。それが?」

「いえ……」

〝十日前……あの事があってから四日後には決まっていたってことか……〟

知らなかったのは、当事者である貴和だけだったということになる。

〝そういうものなんだな……〟

「何でもありません」

貴和は真っ直ぐに顔を上げた。

「地域医療の経験はありませんので、お役に立てるかどうかわかりませんが、精一杯やらせていただきます。よろしくお願いいたします」

ACT 6

「はい、いいですよ」

貴和はステートを外しながら、デスクに向き直った。放射線科から届けられた大きなフィルム袋を開けて、CTフィルムを取り出す。PACSによるモニター診断に慣れた目には、やや見づらい感もあるハードコピーフィルムだった。

「梗塞部位は広がっていませんね。もう少しリハビリをがんばれば、手の麻痺《まひ》は改善してきますよ」

写真を示しながら、貴和は患者に説明する。

「お薬を出しておきますから、ちゃんと飲んでくださいね。脳梗塞になりにくくなる薬ですから」

「はい、ありがとうございました」

ぺこりと頭を下げて患者が出て行き、貴和はふうっとため息をついた。

「今の患者さんで終わりですか?」

目の前にカルテが差し出されなくなったのを確認して、貴和は顔を上げた。

その瞬間だった。

「あ……っ」

手からころりとペンが落ちた。

「な……に……」

指先が小さく震えている。震えは見る見るうちに手首から肘《ひじ》、肩へと広がり、やがて全身ががたがたと震え出す。すうっと血の気が引いていく感覚。

〝貧血……だ……〟

「あ……」

机に手をつこうとしても、身体がうまく動かせない。目の前がすうっと暗くなる。

〝倒れる……っ〟

「はぁい。お疲れ様でした」

診察介助についてくれていた看護師がカルテの処理をして戻ってくる。

〝だめだ……っ！〟

思わず歯を食いしばる。と、その瞬間、ふっと霧が晴れた。

「御影先生？」

「あ、ああ……」

どうにか声が出た。軽く頭を振り、貴和は姿勢を正す。震えはいつの間にかおさまっていた。ゆっくりと何度か手を握りしめて、感覚が戻っていることを確認する。

「……じゃあ、病棟に上がります」

「はい、ありがとうございましたぁ」

貴和が外来ブースを出るとすぐに、看護師たちの声が漏《も》れ聞こえてきた。

「優しいよねぇ、御影先生」

「いくら患者さんがくどくても、全然怒らないしね」

「今まで大学から派遣で来た先生って、みんな怖かったじゃない」

「そうそう、すぐ患者さんのこと怒るし」

廊下の壁にもたれて、貴和はふうっとまたひとつため息をつく。

「また……か……」

何かひとつ仕事が終わった後に突然襲ってくる貧血は、この光陽病院に赴任してから何度か経験しているものだった。いつも倒れる寸前に、不思議と回復するこの発作めいた貧血。こっそり、検査科に頼んで血液検査もしてみたが、その値にはまったく異常は見られない。

「気のせい……なんだろうな……」

肩から背中がばりばりと音を立てるほどに凝っていた。目の奥が痛くて、瞼を開けているのもつらい。

「疲れた……」

ここに来て、一ヶ月。貴和は自分の体調が少しずつ変わっていることに気づいていた。あの貧血だけではない。何かの拍子に立ちくらみがする。食欲がない。脱力感に襲われる。しかし、だからと言って何ができるだろう。貴和はこの病院の数少ない常勤医なのだ。休むことなど考えようもなかった。

「今まで、こんなに長い時間……患者さんと話すことなんてなかった……」

貴和が今まで診てきたのは、意識がもうろうとしている急性期の患者か、すでに診断もすべてついており、治療だけを任される患者ばかりだった。しかし、ここで診る患者は違う。彼らはまさに『診て』もらうために来ているのだ。貴和は、すでに慢性期に入っている患者を診て、変わりがないことを確認するのが仕事なのだ。そこに、今までずっと感じ続けてきた肌がびりびりするような異様な緊張感はどこにもない。あるのは、瞬間の劇的な変化ではなく、緩慢で微妙な変化だ。医師として働かせる神経のベクトルは、まるで反対を向いている。

「疲れる……」

口元がわずかに痙攣《けいれん》するのを感じて、貴和は軽く首を振る。

「笑顔を作るのって……疲れるんだ……」

今気づいた。

笑顔は……作るものだったのだ。自然にこぼれるのではなく……今の貴和にとって、笑顔は作るものだった。

「え？　御影先生って、観月先生より年上なんですか？」

「ええ、そうです」

ナースステーションで看護記録を書いていた看護師に話しかけられて、貴和は頷いた。

「学年にして三つ、僕の方が上」

病棟で処方を切りながら、貴和は言った。

「観月先生の方が上に見える？」

「うーん……単に年がわかんないだけかも」

「ひどいなぁ」

そう言いながら入ってきたのは、観月だった。

「僕、そんなに老けて見える？　確かに御影先生は若く見えるけど」

「観月先生っ！　やだぁ、いらしたんですか」

看護師たちがきゃあきゃあと笑い崩れる。観月も笑いながら、貴和の隣に座った。ドクターズ・テーブルと呼ばれるシャーカステン前のテーブルだ。ここで、貴和たちはカルテを書いたり、処方を切ったりする。

「観月先生、五号室の伊藤《いとう》さんなんですけど……」

「ああ、ちょっと点滴はまずいね」

すぐに話しかけてきた看護師に、観月は落ち着いた口調で答える。

「内服もこっちで管理した方がいいね。目の前で服薬させるようにして」

「はい、わかりました」

もの問いたげに視線を上げた貴和に、観月は苦笑して見せた。

「ちょっと精神的に不安定な患者さんなんです。ごく軽い向精神薬を使ったりしているんですけど、なかなか食事量が安定しないので、内服ではなく点滴にしていたんですが、そうすると勝手に点滴の速度を全開にしてしまったり、抜針してしまったりで、目が離せないんです」

さすがにぎょっとする。

「それは……怖いですね」

「ええ。一度、点滴を全開にしたのに気づかなくて……心拍数が異常に上がって、かなり危険な状態にもなりました」

観月は処方箋《せん》をレターケースから取り出すと、さらさらと書き始めた。

「本人が早く治りたい一心でやっているあたりが困るんですけどね……」

「治りたい一心？」

貴和はふっと顔を上げた。

「どういうことです？　向精神薬を投与されている者にとって、オーバードウズはもっとも危険な行為なのでは？」

「おかしいでしょう？」

観月は視線を上げて、貴和を見た。切れ長の涼しげな目元だが、微笑むとその目尻《めじり》が下がって、優しい感じになる。

「いくら言っても、点滴の速度をすぐに全開にしてしまう。内服を与えると全量を一気に飲んでしまう。よくなるわけがありませんよね。でも、それでも……」

視線を処方箋に戻し、さらさらとペンを走らせる。

「この患者は治りたい一心なんです。早く薬を入れれば治る……そう固く信じ込んでしまっているんですね。これも……病気といえば病気なんですけど」

そして、処方を書き上げると、観月はそれを看護師に渡した。

「じゃ、これ。内服で出したから、錠剤も含めて、個包装にしてもらって、服用は監視下でね」

「わかりました」

ぱたりとカルテを閉じて、観月は再び貴和に振り返る。

「こういうことが心療内科では珍しくありません。基幹病院では、こういう患者さんはまず受けてもらえませんから、まぁ、僕の存在意義もあるってことです」

「存在意義？」

　貴和はふっと視線を落とす。

〝それじゃあ……僕の存在意義……は？〟

「御影先生」

　はっと気づくと観月が近々とのぞき込んでいた。

「お顔の色が優れないようですけど……お疲れですか？」

「あ、いえ……やっぱりまだ慣れていませんから……」

　貴和は視線を外しながら答えた。観月の目は瞳の部分が大きい黒目がちで、じっと見つめられていると、何だか心の奥までのぞき込まれそうで少し怖い。

　貴和が光陽病院に赴任して、すでに一ヶ月近くが過ぎていた。

　赴任が四月の半ばという中途半端な時期だったので、病院に慣れる間もなく、ゴールデンウィークに入ってしまい、結局正式に外来に出、病棟に患者を持ったのは、ほんの二週間ほど前からである。貴和はペンを置き、少し神経質な仕草で前髪をいじりながら言った。

「実を言うと、当直以外で外来に出たことはあまりないんです。僕はカテ職人だったので」

「カテ職人？」

「あ、ええ……ウチ独特の言い方なんですけど、アンギオやＩＶＲ、動脈瘤塞栓《そくせん》なんかを手がける医者をカテ職人って呼んでいるんです」

「ああ、カテーテルのことですか」

観月が納得したように深く頷いた。

「先生はそちらのエキスパートでしたよね」

「ですから……患者さんと一対一で向き合って長時間話すことはあまりなかったので……」

そこまで言って、貴和は肩をすくめた。

「情けないですよね。患者を診て疲れる医者なんて」

「そんなことはありません」

観月が穏やかに応じる。

「僕からすれば、長時間立ちっぱなしで、神経を使うカテ操作を続ける内科系の先生や、オペをする外科系の先生は凄《すご》いと思いますよ。僕はそんなに長時間緊張感を保つことができません。やはり、職業訓練というものなのだと思いますよ」

「そう……ですね」

貴和は再びペンを取るとカルテを開いた。

貴和がここで担当しているのは、ほとんどが脳梗塞の慢性期に入った患者だった。リハビリの指示はある程度理学療法士がしてくれるが、その評価はしなければならない。これも貴和の神経を疲れさせるひとつの要因だった。

脳血管系の医師として働き、勉強も続けてきたが、医学の範囲は驚くほどに広い。医師といえば、人間の身体はすべてわかっていると思われがちだが、実のところ、医師くらい専門化の激しい仕事はないのではないかと思う。たとえば、貴和は学生時代に学んだ整形外科や皮膚科、眼科の知識をほとんど覚えていない。もちろん、最低限の解剖や生理の知識はあるが、医師としての専門的な知識と言われたら、とても診療に値するものではない。それはリハビリについても同じである。確かに、脳血管系の医師であるから、リハビリの知識はあるが、それが専門的なものかと問われると自信はない。

〝僕がやっていることは……正しいのかな……〟

ふうっとため息をつき、ぎゅっと眉間《みけん》のあたりを押さえる。

と、その時。信じられないことが起こった。

「え……」

「御影先生……？」

目のまわりが熱いと思った。妙にまぶしくて、目を開けているのがつらい。思わず、ぎゅっと強く目を閉じる。そして、頬がすうっと冷たくなった。

「先生、どうしたんですか……？」

「先生……？」

看護師たちの声。

「え？　何が……」

ようやく目を開けて、視線を落とす。ぱたぱたっと音を立てて、書きかけていたカルテの上に水滴が落ちた。

「なん……で……」

貴和は呆然と、自分の瞳からこぼれた大粒の涙を見つめていた。

「僕は……どうしたんだろう……」

光陽病院では、医師ひとりひとりに医局と称する小部屋が与えられていた。減床したため、部屋数に余裕があるのだ。その自分に与えられた一室で、貴和は机に両肘をつき、手の中に顔を埋めていた。

「いくら疲れてるからって……泣くほどのことか……？」

しかも、泣いたという意識もないままに。あの後、目が疲れたとか何とか看護師たちを言いくるめ、どうにか仕事の区切りをつけて、貴和はここに戻ってきた。

「先生、いらっしゃいますか？」

ため息をつき、ぼんやりしていると、静かなノックが聞こえた。

「……どうぞ」

「失礼します」

入ってきたのは、やはり観月だった。さっき、貴和が病棟のナースステーションで突然に涙をこぼした時、すぐ横にいたのだから。彼はするりと滑り込んでくると、ひとなつこい笑顔で唐突に言った。

「先生、ご飯、ちゃんと食べてますか?」

「え?」

突然の言葉に、貴和はきょとんと目を見開いてしまう。

「あの?」

「ご飯ですよ」

観月が笑う。

「先生、食が細いイメージがあるから。ちゃんと食べないと身体保ちませんよ」

「あ、ええ……」

〝そう言えば……こっちに来てから、コンビニご飯ばっかりだっけ……〟

北西大にいた頃は、実家から通っていたせいか、食事に困ったことはなかった。時間は不規則だったが、家に帰れば必ず温かい食事が待っていたし、職場にいる限りは食堂で定食が食べられた。しかし、ここは病院の規模が小さいせいか、あるのは売店だけで食堂や喫茶はなく、当直制がないため、医師が患者用の普通食を食べて、意見を書く検食もない。

「恥ずかしい話なんですけど……僕、今までひとり暮らしっていうの、ほとんどしたことがなかったんです」

「ああ、そんな感じですね」

あっさり頷かれて、貴和は少し鼻白む。

「……そうですか」

「ええ。御影先生は大切にされてきた方という感じがしますよ」

言い方によっては、とんでもない嫌味になるところだが、観月の穏やかな口調で言われると、何だか労《いたわ》られている感じがするから不思議だ。それと同時に、見事なまでにさっきの奇妙な涙から、貴和の思考は離れ始めていた。

〝これが心療内科医か……〟

光陽病院は、最初に聞いた通りのサテライト病院なので、患者も小児科以外は高齢者が多い。しかし、観月が担当している心療内科は、年齢も性別も立場もさまざまな患者が集まっていた。診療科の性質上、完全予約制なのだが、その予約は半年先まで埋まっているらしい。

「ここは海の近くですから、魚貝がおいしいんですよ。光り物とか貝、食べられますか?」

「あ、ええ……好き嫌いはありませんから」

「じゃあ、いい定食屋をお教えしますよ。僕もよく食べに行っているんです。先生、歓迎会もさせてくれませんでしたから、ご紹介する機会がなくて」

〝歓迎会なんか……されたいわけないじゃないか……〟

無邪気な若い看護師たちは、貴和がここに来た理由を知らないようだが、主任や師長クラスは心得ているらしく、貴和が歓迎会の誘いを断った時、何も言わずに頷いてくれた。しかし、そんな気遣いがまた、貴和の心を波立てる。

「御影先生」

観月の静かな声がそっと肩を叩《たた》く。

「今度、食事に行きましょう」

少し迷ってから、貴和は小さく頷いていた。

ACT 7

『新着メールは以上です』

パソコンの無機的なメッセージを確認して、貴和はぱたりとノートの蓋《ふた》を閉じる。今日もメールはほとんどがダイレクトメールばかりだ。個人的なメッセージはない。ここに来てすでに一ヶ月。大学との糸はほとんど切れたようなものだった。何かの問い合わせを出しても、戻ってくるのは秘書からの伝言形式のメッセージだけで、今まで机を並べて研究していた医員たちからのものは何一つなく、ごく希《まれ》に相良から答えが返ってくる程度だ。その相良も殺人的なスケジュールで動いている医師であるだけに、あまり負担をかけることもできず、貴和は自分から連絡を取ることを避けていた。

「穣……」

ぼんやりしていると、ふとその名前が口から滑り出してしまう。

もう一ヶ月以上、あのよく響く低い声を聞いていない。

生まれてからあの日まで、貴和は大信田と離れたことがほとんどなかった。同じ産院で産まれ、幼稚園から大学院まで、奇跡的とも言える確率で同じクラスで学び、プライベートでも同じ時を過ごした。

彼のことは何でも知っていると思っていた。あまり人前で笑うことのないクールな彼のはにかんだような笑顔を知っているのも、その肌のぬくもりや香りを知っているのも、自分だけだと思っていた。

『あいつはおまえさんが思っている以上に、上昇志向がある。権力志向といってもいいだろう。あいつの最終的な目標は……おそらく、トップに立つことだ』

相良の言葉が貴和の頭の中を、今もぐるぐると回り続けている。

「穣にそんな……気持ちがあったなんて……」

貴和の知っている大信田は、権力志向とは正反対の医師だった。常に凛《りん》と背筋を伸ばして、権力に媚《こ》びを売ることなど一度としてなかった。松永教授の配下ではあったが、その息子である松永秀司とは馴《な》れ合うことなく、自分をきちんと通していた。少なくとも。

「僕は……そう思っていた……」

まだ温かいノートパソコンの上に頬をつけて、貴和はつぶやいた。と、その時だった。こんこんっとノックの音が物音ひとつない静かな部屋に響いた。

「あ、はいっ！」

もともと病院内の施設で、事務室や医局が入っていたこの職員住居には、ドアチャイムというものがない。自分でつける分には構わないらしいのだが、別に訪ねてくる者もいないと、貴和はつけていなかったのだ。

「お忙しいですか?」

顔を出したのは、観月だった。彼もまたこの棟に住んでおり、貴和の三軒隣にいる。

「いいえ。ぼーっとしていただけですから」

答えた貴和に、彼はにこりと優しい笑みを浮かべる。

「じゃあ、食事に行きましょう。ここから歩いてすぐなんです」

「はい」

観月はジーンズにコットンセーターというラフな姿だった。白衣や迎えに来てくれた時のジャケット姿よりも若々しく、貴和よりも若いという年齢相応に見える。

「気取るところじゃないです。そのままでいいですから」

「あ、はい」

優しい言葉に促されて、貴和もまたジーンズにシャツ、カーディガンという軽装で、観月に並んだ。

その店は驚くほど間口が狭かった。

「中は広いでしょう?」

引き戸だけしかないような入り口をくぐると、中は確かに驚くほど広かった。きれいに拭《ふ》き込まれたカウンターと大きな楕円《だえん》形のテーブル、他に四人がけのテーブル席がある。

「奥の方は住居だったらしいんですけどね、お店が繁盛しちゃったんで、店舗に改築したらしいんです」

定食屋というよりも、これはテーブル割烹《かっぽう》とか気取った言い方をすれば和風ダイニングといってもいいほど、店の作りは瀟洒だった。

「生ものが大丈夫なら、やっぱり刺身がお薦めですね。もちろん、焼き物もうまいですけど」

「お刺身食べたいですね」

貴和は渡されたメニューを手にして、刺身定食を選び、他に単品をいくつかオーダーする。驚くほど早く出てきた刺身定食は、ほかほかと温かいご飯やみそ汁の香り、新鮮でぴかぴかしている刺身が久しぶりに貴和の食欲を刺激していた。

「……おいしいですね」

健康的な食欲を見せる貴和に、観月は目を細めて笑っている。

「よかった。御影先生、食が細い感じがしていたので。ちゃんと召し上がる方なんですね」

「食べますよ。……友達には、やせの大食いって言われるくらいですから」

「よかった」

同じ言葉を繰り返して、観月はビールを開けた。

「……貴和《キワ》先生、こちらに……いらっしゃりたくなかったでしょう？」

「え……」

ふっと貴和の箸《はし》が止まる。

「あ……」

観月がしまったという顔をする。

「すみません……」

観月が貴和を名字以外で呼んだのは初めてだった。貴和はおっとりと頷く。

「かまいません。向こうでは……いつもそう呼ばれていましたから」

御影という姓は発音しにくい。少し慣れると、みな貴和をファーストネームで呼んだものだ。

「ありがとうございます」

嬉しそうに笑ってから、観月は言葉を続けた。

「……最初は本当に不思議でした。僕がここに来て三年になりますが、ずっと内科系の医局に常勤医の派遣を依頼していましたがなしのつぶて。それが突然、内科と名はついていても、まったく畑違いといっていい脳血管内科から派遣の返事があった。しかも、派遣医の名を聞いて驚きました」

観月が顔を上げて、口元に笑みを浮かべる。

「通称神の御子。大学始まって以来の天才と呼ばれる貴和先生だったんですから」

「その名前は……よしてください」

刺身をつつきながら、貴和は顔も上げずに言った。

「かいかぶりすぎです。みんな、僕をからかって言っているだけです」

「……噂はすぐに流れてきました。神の御子が脳外科と何かもめ事を起こして、脳センから飛ばされることになった……という噂が」

貴和は微かに嗤《わら》った。

「嫌な噂ほど広がるものですね」

口の中が急に苦くなる。貴和は軽く手を上げると冷酒をオーダーした。

「別にもめ事とは思っていません。ただ……そう……見解の違いですね。僕は症例に対する意見を言ったつもりでしたが、あちらは……そう思われなかった。それだけです」

「貴和先生」

観月が静かにたしなめる口調で言い、優しく首を振った。

「そんな言い方は……貴和先生に似合いません」

「僕に似合わない？」

届いた冷酒を含んで、貴和は苦く笑う。

「観月先生は……一ヶ月分しか僕を知らない。僕の何がわかります？」

「わかります」

観月は柔らかく微笑む。

「先生はとても優しい方です。優しくて、思いやりのある方だと思います。腕に溺《おぼ》れず、真摯《しんし》で真面目な方だと思います」

「そんな……っ」

「そうでなければ、誰もがあなたを神の御子とは呼びません」

観月はさらりと言う。

「噂の出所はひとつではありません。こんな田舎《いなか》でも、いくつかのルートで噂が入ってきました。でも、その誰もがあなたを神の御子と呼び、その響きには、尊敬と愛情、惜しむ心が感じられました。あなたを悪く言う人は……噂なのに、誰ひとりとしていませんでした」

「そ……んな……」

それなら、なぜ自分はここにいる。貴和はくっと一気に冷酒を飲み干す。

「貴和先生」

「そういう観月先生は、どうしてこちらに？　先生は僕の目から見ても、とても優秀です。失礼ですが、こちらのドクターは先生以外は、みな六十代ですよね。先生は飛び抜けて若い」

「僕は外様《とざま》です」

さらりと言って、観月は二本目のビールをオーダーした。

「僕は北西大の出身ではありません。県立医大を出て、医局から北西に入りました」

「ああ……」

外様とは、他の大学を卒業して、医局から入った者を言う隠語だ。どうしても、生え抜きよりも待遇面で劣る。それはおそらくどこの大学でも同じだろう。

「学位を取って、すぐにここに赴任になりました」

「それ……は……」

「医大時代の同級生たちは、まだまだ出張やら派遣やらで走り回っています。ひとつの病院に腰を落ち着けていられるのは、僕くらいのものでしょう」

観月はおいしそうにビールを飲む。

「僕はここが好きです。この近くで心療内科を標榜《ひょうぼう》している病院や個人医院はありませんから、患者さんもたくさん来てくれます。僕はここに来てよかったと思います」

「観月先生……」

「でも、それは僕の価値観です」

観月は貴和を真っ直ぐに見ていた。

「それを先生に押しつけようとは思いません。ただ、先生にはもう少しだけ、楽になってほしいと思うだけです」

「楽……に？」

「はい」

いつの間にか、刺身はきれいになくなり、温かに湯気を上げるいかの煮物が届いた。

「先生は長くこちらにいらっしゃるわけではないと思います。大学を離れるのは不安だと思いますが、ここは絶海の孤島ではありません。あまり、深刻に考えられない方がいいと思います」

「……」

「流されるままにいくのも……悪くありませんよ」

「え」

貴和は観月の黒い瞳をじっと見つめる。その中にある真実を見つけ出そうとするかのように。

「本当に……」

「はい？」

「本当に……そうなんでしょうか」

貴和は静かに言った。

「本当に……流されるままにいて……いいんでしょうか」

「流れに逆らう力を蓄えながら……ですね」

観月の手がすっと伸びてくる。貴和の栗色《くり》の瞳から溢《あふ》れ、白く乾いた頬に流れる大粒の涙を温かな指先が受け止めてくれる。

「貴和先生には、その力があると僕は思います」

　貴和の心が解けていく。

〝何で……涙なんか出るんだろう……〟

　貴和はあまり泣くことのない子供だった。裕福な家庭のひとり息子として育ち、家庭内での競争は必要なかったし、学校に入ってからは常に大信田に守られてきた。

「……すみません。泣くつもりなんかないんですけど……」

　こらえようとすればするほど、涙は溢れる。すでに十分に大人の年齢である男が人前で泣くなど考えもつかないことで、どうしていいのかわからないままに、涙は勝手にこぼれる。これはあの病棟で流した冷たい涙とは違うと思った。温かな……心から溢れてくる涙だ。

「すみま……」

「いいんですよ」

　目の前で、貴和がぼろぼろと大粒の涙をこぼしても、年下の心療内科医は動じることもない。落ち着いた仕草でビールを飲み、淡々と煮物を片づける。

「泣けるのは悪いことではありません。少し専門的な話になりますが……今はその方がいいでしょう?」

　差し出されたハンカチで涙を押さえながら、貴和は頷いた。感情が揺らいでいる今は、逆に感情を排した話をされる方が楽だった。常に冷静、理性的でいなければならない医師という職業を同じくしているだけあって、観月は貴和の心の動きをよく理解してくれているようだった。

「これは僕の考え方ですが、人間はいちばん傷ついた状態になった時、まず失うものがひとつあります」

ゆっくりとビールを一口飲む。

「表情です」

「表情……？」

「泣く。笑う。怒る。そうした感情の動きが表情に表れなくなります。感情の振幅が小さくなるといった方が正しいでしょう。あまりに心が傷ついてしまうと、人間は無意識のうちに自分の心にロックをかけてしまう……つまり、それ以上傷を広げないように心が動くのを抑えてしまうんです」

観月は淡々とした知的な口調で、まるで講義するように話を続ける。

「そうなった人は見ているとすぐにわかります。笑おうとして、凍りついたように表情が止まる。涙はこぼれているのに、顔が泣いていない……」

〝ああ……僕だ〟

「表情と感情の動き方がばらばらになるんです。そう……自分で自分が制御できなくなると言ってもいい。笑おうと思っても笑えないし、泣こうと思っても泣けない。逆に、全然関係ない時に涙がこぼれたり、無意識に身体が動いたりする……」

観月の言葉は、今の貴和の状態を正しく言い当てていた。まさに貴和の身体は、貴和の心の制御を離れた状態だった。突然の震え。涙。作らなければならない笑顔。

「ですから、そうしたクライアントに出会った時、僕はまず、表情を見ます。どこまで表情が動いているか……心が動いているか」

そして、彼は軽く手を伸ばすと、貴和の白い頬に優しく触れた。

「泣くことは感情の発露です。爆発といってもいいでしょう。特に、意識することなく泣きたい時に泣ける。涙がこぼれる。しゃくり上げるほどに泣いてしまう。それは決して悪いことではありません。泣くことによって、人は何かを外に溢れさせ、こぼし、自分の中から解き放つことができます。心の中に溜まっていた澱《おり》を外に投げ出す……それが泣くことの意味です」

「泣くことの……意味」

「はい。今まで、僕は医者としてたくさんの人の涙を見てきました。どの涙も僕は美しいと思いました。泣けなかった人が泣けるようになる。人形のように表情をなくしていた人が、泣き、叫び、心の中にわだかまっていたものを外に投げ出していく。それは醜い光景ではありません。泣くという行為は、とてもプリミティヴで……自然なものだと思います」

ふたりが座っている席は、広い店内でも奥まったところで、横に衝立《ついたて》があるおかげで、他の席の視線からは完全に遮断《しゃだん》されていた。おそらく、観月は意識的にここを選んだのだろう。

〝わかって……いたんだ……〟

彼は貴和が深く傷ついていることに気づいていた。彼は優秀な心療内科医だ。おそらく。

〝僕に……会った時……いや、もしかしたら、その前から……〟

「貴和先生、先生はお気づきですか?」

いつの間にか、涙は止まっていた。貴和はきちんと丁寧に借りたハンカチを畳む。

「気づく……何に?」

「僕はまだ、先生の笑顔を一度も見ていません」

観月の指がゆっくりと貴和の頬を撫《な》でる。

「神の御子は常に天使の微笑みと共にある……」

「何ですか、それ」

貴和は固く強《こわ》ばっていた自分の頬が、ゆっくりと笑みの形に溶けていくのを感じていた。

「聖書か何かの引用みたいですね……」

「ご存じないのは、やはりご本人だけですね」

観月が笑った。

「あなたはそんな風に呼ばれているんですよ」

「僕……ですか」

観月の指が名残惜《なごり》しむように、貴和の頬から離れていく。

「すぐにとは言いませんが、その微笑みを見せていただけたら嬉しいですよ」

ACT 8

六月に入って、光が白くなり始めた。梅雨空《つゆ》の合間にのぞく太陽の光は強く、すでに夏の色だ。脳センの建物から一歩出た大信田《おおしだ》は、そのあまりのまぶしさに、思わず右手で額にひさしを作っていた。

「夏……か」

「早いよな」

背後からかけられた声に振り返ると、ラフに羽織った長白衣のポケットに両手を突っ込んだ相良《さがら》が立っていた。

「珍しいですね」

「そうか？　俺は派遣がねぇから、おまえよりここにいること多いぜ？」

ふたりは学食に向かって、並んで歩き出した。

「早いよな、ほんと。もう梅雨だぜ？　じき夏休みになるなぁ」

「早すぎですよ。第一、夏休みなんかとれないくせに」

すでに学生たちは夏のスケジュールに入っているらしく、ずいぶんと学食も空いている。

「で？　おまえ、何でこんな時間にここにいるんだ？」

窓際のテーブルに定食のトレイを運びながら、相良が言った。

「おまえ、先月から大成会《たいせいかい》の常勤派遣になったんだろ？」

「……っ」

びくりと一瞬大信田の手が震え、みそ汁をトレイに零《こぼ》してしまう。

「あぶねぇなぁ」

先に席に着き、にんまりと笑って、相良は飄々《ひょうひょう》と言う。

「俺が知らねぇとでも思ってたか？」

「いえ……」

硬い表情のまま、大信田は相良の向かいに席を占めた。

「……先生は井澄《いずみ》院長と交流がおありと聞いています。情報は入っていると思っていました。脳センのことで、先生がご存じないことはありませんからね」

「嫌味かよ。上等な手を覚えたもんだ」

相良は鼻で笑いながら、食事を始めた。

「井澄先生から俺にメールが来たのは本当だ。ちっと前の話になるが、うちの方でもらえる人材はねぇかってことだった」

「……何とお答えになったんですか」

今日のA定食はハンバーグの煮込みだ。外の暑さのせいなのか、どうにも大信田の箸《はし》は進まない。

「別に。答えようがねぇさ。俺には人事権はない。丁重にその旨メールしただけだ。まぁ」

ソースをぺろりとなめて、相良はにやりと笑う。

「何で、そんなことを言い出したのかは、しっかり問い合わせておいたがな」

「……」

大信田は眉間《みけん》に深い皺《しわ》を刻んでいた。その箸は完全に止まってしまい、ただ薄いお茶ばかりを飲んでいる。

「……井澄先生は何とお答えになりましたか」

「それは、俺がおまえに聞きたいことだよ。おまえら、あの温厚な井澄さんをいったいどうやって、あれほど怒らせたんだ？　あの聖人君子をして、罵《ののし》られるような真似《まね》をするとは……おまえら、極悪人だぞ」

「……」

大信田は深く息をついた。

〝やっぱり……防波堤は破れてしまうのか……〟

「井澄さん曰《いわ》く、北西《ほくせい》は大成会に何か恨みでもあるのか、だそうだ。うちの患者を重症に追いやって……裁判でも起こさせる気か……」

「それは……言いすぎです」

大信田は顔を上げた。

「医者は完璧《かんぺき》じゃありません。それは先生だって……」

「そんなこと言ってんじゃねぇよ。わかってるくせに」

ハンバーグをきれいに片づけて、相良は肩をすくめる。

「井澄さんが言いたいのは、何で、何の理由もなく、貴和《キワ》ちゃんを大成会から引き上げちまったかってことだ。能なしの王子さまを残してな」

「それは……っ」

「あの野郎、ＢＡＤの見逃しをやりやがったらしいな。まぁ、あれはかなり慣れていないと画像だけで判断するのは難しい。だが、あそこには放射線科で研修を受けている貴和ちゃんもいたし、そっちの第一人者といっていい井澄さんもいた。しかし、王子さまはてめぇだけで突っ走って、挙げ句の果てに患者をひとり、後遺障害の中に追いやった」

「先生っ！」

「突然、貴和ちゃんが島流しになったウラがようやく見えたよ。だから、井澄さんは激怒したのさ。さしもの松永《まつなが》教授も、王子さまをあそこにはおいておけなくなったらしいな。温厚な人ほど怒らせると怖いってのは本当だ。おまえも気をつけろよ」

「……」

「ま、臑《すね》に傷がねぇことを祈ってる。おまえ、この件には噛《か》んでねぇんだろうな……」

大信田は少しだけうつむいた。と、テーブル越しに手を伸ばした相良が、いきなりその頬《ほお》を軽くひっぱたく。

「先生……っ！」

「おまえが目をそらす時は、だいたいやましい時だからな」

じろりと睨《にら》まれてしまっては、黙るしかない。母親と貴和《たかかず》以外で、いちばん付き合いが長く、一緒にいた時間の長い相手である。すべてお見通しというわけだ。しかし、これだけは守り通さなければならない心の秘密だった。たとえ、相手が相良でも、これだけは。

「……失礼します」

大信田は立ち上がった。

「おい、穣《ゆたか》っ！」

「大成会に行かなきゃならないので」

すっと背中を向けた大信田に、相良の声がぶつかってくる。

「こんにゃろっ！　恩師を無視するつもりかっ！」

「今は隣の医局の先生ですから」

抑揚のない口調で答えると、背中に割り箸がぶつけられた。相良は口も早いが、手も早い。

家庭教師時代には、山ほどの鉄拳《てっけん》制裁を受けたし、彼に指導される研修医は、みな一回や二回は向こう臑に蹴《け》りを食らっている。しかし、彼のそれは暴力とは一線を画すものだということを、大信田は知っている。彼は決して、自分の苛立《いらだ》ちを人にぶつけることはない。彼の手が出るのは、それが相手にとって必要だと思う時だ。

〝すみません……先生〟

しかし、今は崩れるわけにはいかない。大信田は心の中でわびながら、学食を後にした。

大信田が上司であるところの松永教授に呼ばれたのは、今から二ヶ月ほど前、四月のことだった。

「来週から、大成会には君と小早川《こばやかわ》くんに行ってもらうことになったから」

「はい？」

大きな紫檀《したん》のデスクの向こうにいる権力の象徴に向かって、大信田は少々間抜けな返事を返していた。

「うちからふたり……ですか？　いや、松永先生と三人になりますね。脳血管内科の御影《みかげ》先生とで四人……ずいぶんと手厚い……」

「いや」

教授が両手をデスクの上に組んだままで、ゆっくりと首を横に振った。

「脳血管内科からの派遣は引き上げになる。御影先生は、あちらの沢渡《さわたり》教授とも相談して、光《こう》陽《よう》病院に行ってもらうことにした」

「え」

大信田は眉《まゆ》をひそめた。

「光陽病院……？」

聞いたことのない名前だった。これでも、あちこちに派遣されているおかげで、脳センからの派遣病院はだいたい頭に入っている。脳血管系の医師同士、横の繋《つな》がりもあるからだ。しかし。

「すみません。新しいところですか？」

「いや。市立のサテライト病院だ。うちからの派遣は出たことがないから、君が知らないのも無理はないだろう」

「……どういうことですか？」

大信田の頭脳が回転し始める。理解できない事柄を解析しようとしているのだ。しばらくの沈黙の後、大信田のＣＰＵはその回転を止めた。ひとつの解答に行き着いたのだ。

「……先週の大成会の件ですね」

「まったく……神の御子《みこ》だか何だか知らないが、持ち上げられすぎて、少し鼻が高くなりすぎているようだね」

　教授は唇を歪《ゆが》め、吐き捨てるように言った。

「沢渡くんにもちょっと釘《くぎ》を刺しておいたがね。脳外の手の届かないところをちょっとばかりいじれるから、神の手を持っているような気になっているんじゃないかとね」

「ひとつお聞きしてよろしいですか」

　大信田はすっと背中を伸ばした。

「教授、あの……大成会の患者はどうなったか、ご存じですか」

「それとこれと関係は……」

「あります。よしんば、ここでお答えをいただけなくても、私は今後も大成会に参ります。結果は自ずと知れるかと」

　教授の唇がねじれるほど大きく歪む。

「……ＢＡＤだったそうだ……」

「え？」

「だから、ＢＡＤだったそうだ！　救急で運び込まれた翌日の午後から容態が急変して、血栓溶解も試みたがうまくいかなかった。今は……右半身の完全麻痺《まひ》と強い構音障害がある。若干の改善は認められるが……おそらく、かなりの後遺障害が残るだろう」

〝やっぱり……〟

大信田は思わず手を握りしめていた。

〝貴和の言う通りだった……。やっぱり、あそこで多少後味が悪くても、井澄先生に診てもらうべきだった……っ〟

「私も画像を見せてもらったが、あれからＢＡＤと読むのは、かなり難しいだろう。まぁ、放射線科の専門医なら読めないこともないだろうが、こちらとしては、ベストを尽くしたと思う。責任云々《うんぬん》を……」

「しかし、あの時点で、御影先生はあの症例をＢＡＤと読んでいました。そして……」

「結果論だ」

教授は一言で切って捨てる。

「結果として、確かにあれはＢＡＤだったが、それを今云々しても意味がない。今大切なことは、北西大脳センの医師として、松永くんはベストを尽くした。あれは運の悪い症例だった……そういうことだ」

「そんな馬鹿な……っ」

「それが私たちの統一見解だ」

大信田の苦いつぶやきをかき消すように、教授の声が響く。

「大信田先生もそれを肝に銘じておいていただきたい。いいか、内部告発などということは努々《ゆめゆめ》考えることはないように。君も北西大脳センの医師である以上、北西大脳センの恥は君自身の恥でもある。もし、この件が外に知れたら……」

ぐっと声が低くなる。

「君も……御影先生もどうなるか、わからないよ」


大信田は思いきりテーブルにグラスを叩《たた》きつけた。鈍い音が静かな部屋に響く。すでに空になったウイスキーボトルが二本転がっている。

「脅しじゃねぇか……あんなの……っ！」

『ひとまず、御影先生は大成会の派遣から外れてもらう。あることないこと吹聴されては困るからね。君も同じ立場にあるものと考えてもらいたい。本来であれば、君も外すところなんだが……そこはまぁ、私の顔でどうにかしたから』

「嘘つけっ！　貴和と俺を引き離して、お互いの口をふさいだつもりなんだろ……っ！」

大信田と貴和が親しいのは、脳セン内では周知の事実だ。貴和を島流しにし、大信田を監視下に置くことによって、教授たちはふたりの口をふさいだのだ。

「あいつら……っ」

脳外科の松永教授と脳血管内科の沢渡教授は、大学時代からの先輩後輩の仲で、完全縦社会の医師の世界では、上下関係にある。同じ教授の立場でも、ふたりの間にははっきりとした上下関係が存在しているのは、有名な話である。ふたりの間でかわされた密談の内容は、自ずと知れてくる。

「松永の野郎……親父に泣きつきやがった……」

ラクナ梗塞《こうそく》と診断した患者の容態があっという間に悪化し、BADと診断せざるを得なくなった時、松永はおそらく真っ青になったことだろう。あれほど自信満々にはねつけた貴和の診断が、正鵠《せいこく》を射ていたのだから。彼がその時いちばんに考えたのは、患者のことではなく、己の保身だった。

「どうする……」

今、ここで告発することは簡単だ。大成会の院長である井澄にメールの一本でも送ればすむことだ。しかし。

「それで……どうなる」

北西大脳センは全力でもみ消しに走るだろう。事の成り行きを知っている貴和と自分は、間違いなく退職に追い込まれ、それだけならいいが、その後も国内でそれなりの医療機関に就職することはまず不可能だろう。医療業界というのはそういう世界だ。事実、貴和はすでにその崖《がけ》っぷちに立っている。細い細い糸で繋がれた状態で、島流しという憂き目に遭っているのだ。

「ここで……俺が騒いだら、貴和は間違いなく……」

二度と第一線に戻ることはないだろう。神の御子と呼ばれ、天才と呼ばれた脳血管内科医がひとり、闇《やみ》に葬られる。

「貴和……っ」

彼は真っ直ぐだ。穏やかであるが、芯《しん》の一本通った医師としてのしっかりとした信念を持っている。彼が事実を知ったら……どうなるだろう。

「貴和は……黙っていられない……」

大信田は、誰よりも貴和のことを知っていると自負している。彼は間違いなく、事実を胸にしまうことはできないだろう。自分のことなどどうでもいいと言い張り、己の保身など考えもせずに内部告発し、隠蔽《いんぺい》をはかった大学に反旗を翻《ひるがえ》す。おとなしく優しい貴和だが、彼が優しいのは芯が強いからだ。彼の信念は決してぶれない。

しかし、その強さ、優しさは、今や諸刃の刃……いや、貴和だけを傷つける刃に他ならない。貴和は自分で自分を切る……ほとんどそれは自殺行為に等しい。だが、彼はそれをやってのけるだろう。

「それだけは……防がなければならない……」

大信田は深い闇に向かって、思いきりグラスを投げ捨てる。

「貴和……っ！」

それは裏切りだ。

愛しているから。誰よりも深く愛しているからこその裏切りだ。

決して知られてはならない。彼の涙を、彼の慟哭《どうこく》を見ても、このことだけは口にしてはならない。彼を守るために。神の右手を持つ彼をもう一度、陽《ひ》のあたる場所に導くために。

大信田は暗い瞳で闇に誓う。

貴和。

愛しているから……俺はおまえを裏切る。

おまえを傷つける。

二度とこの腕におまえを抱きしめることがかなわなくても、俺はおまえを愛している。

だから……裏切る。

ACT 9

海辺の街はやはり夕暮れ時がいちばん美しい。

「ここは病院も住宅も西向きですからね」

蜂蜜《はちみつ》色のとろりとした光の中で、飽くこともなく窓の外を眺めている貴和に声をかけたのは、観月《みづき》だった。光陽病院の医局は個室となっているが、会議室と呼ばれている少し大きめの部屋もあった。そこには、大きなテーブルやビデオプロジェクター、コーヒーメーカーやお茶の用意があるため、昼食やちょっとした一休みに使う医師たちがいる。貴和もそのひとりだった。ここなら、インスタントではないコーヒーを飲めるからだ。

「西日が強いんで、看護師たちは嫌がります。日に焼けるって」

「でも、きれいです」

貴和はゆっくりと振り返った。まぶしそうに目を細めているが、口元はふんわりと微笑《ほほえ》んでいる。

「病院の中……特に、僕は窓のない放射線科の検査室にいることが多いものですから、気がついた時には夜になっていたっていうことが多いんです。時計を見ないと、今が昼なのか、夜なのかもわからないような感じで」

「ああ……そうですね」

「時計はよく見るんです。僕のやっていることは、ある意味時間との闘いですから……」

言いかけて、ふと貴和は口を閉じた。

「……すみません」

こんなことを今さら言って何になるのだろう。これはある意味『過去の栄光』というものだ。

〝僕はもう二度とカテーテルを手にすることはない……〟

「どうして謝るんですか?」

観月はおっとりと優しく問い返した。

「僕は、こちらにいらしてからの貴和先生しか知りません。もちろん、これでも北西の隅っこにはいましたから、神の御子の名は聞き及んでいましたが、先生が何をもって、神の御子と呼ばれていたかは知りません」

「ですから、そのあだ名はやめてください」

貴和はうっすらと苦笑する。

「僕は……そのあだ名が嫌いなんです」

「どうしてですか」

観月は口元に優しげな笑みを浮かべたまま、ゆっくりと貴和から離れ、コーヒーメーカーにきちんとはかったコーヒーを入れた。几帳面《きちょうめん》な仕草で水を入れ、ぽんとスイッチを押す。すぐにいい香りが漂い始めた。

「……だって、馬鹿にされてるような気がして……」

「どうしてですか?」

観月が静かに同じ問いを繰り返す。貴和は今度は少し考えてから答えた。

「……たぶん、僕が自分自身をそう思っていないからでしょう。たとえば、僕の指導医だった相良先生は『ゴッドハンド相良』なんて呼ばれていて、ご本人もたまにそう名乗られます。まぁ……冗談のうちですけど、たとえ冗談でも、僕は自分を『神の御子』とは言えません。相良先生はそれだけの努力を重ねて、ご自分の腕に自信があるから、神と称されても胸を張っていられるのだと思いますが、僕は……」

「努力はされてこられませんでしたか?」

おちたコーヒーをカップに注ぎ分けて、差し出しながら、観月は穏やかに言う。

「違うでしょう?」

「……どうでしょうか」

貴和は静かにコーヒーをすする。

ここに来てから、ブラックでコーヒーを飲むようになった。今までは、砂糖もミルクもたっぷりと入れないと飲めなかったのに、なぜか、ここに来てから、ふと苦いコーヒーが飲みたくなった。

「……僕はあまり苦労をした……努力をしたという実感がないんです。僕たち脳血管内科医は、平面画像から三次元の立体画像を想像できなければなりません。ステレオ撮影したものを立体視すれば三次元画像は得られますが、それは結果として見るだけで、検査とか治療の最中にいちいちそんなことをしてはいられません。さぁっと瞬間的に流れる造影剤の軌跡だけで、僕たちは血管の走行を把握しなければならないわけですが……僕はあまりそれに苦労したという記憶がないんです」

貴和は訥々《とつとつ》と言葉を綴《つづ》る。

「造影剤が走るのを見ただけで、僕にはその血管の状態がすぐにわかります。造影剤の走る速度、幅、軌跡。それを見ただけで、僕にはステントを入れるべき位置がわかりますし、ステントの長さ、直径も割り出せます。動脈瘤《りゅう》なら……どのくらいのケージをどこに作ればいいかがわかります。というか……わかるのが普通だと思ってきたので……」

まさに天才の言葉だろう。これが本当の天才というものだ。天才は『できる』のが定常状態なので、逆に『できない』ことが理解できない。なぜできないのかがわからないのだ。『見える』から『見えない』ことが理解できない。

「貴和先生」

観月がさらさらとコーヒーに砂糖を落とす。

「ひとつお聞きしてよろしいですか？　これは……そう、医者としての興味ですが」

「はい」

熱いコーヒーの苦さは、忘れられない痛みを少しだけ貴和に思い出させる。

〝穣……〟

彼はブラック、しかも濃く熱いコーヒーしか飲まなかった。普通なら砂糖をたっぷり入れるエスプレッソをデミタスではないカップで飲むために、わざわざエスプレッソマシンを買ったほどだ。

〝この程度のブラックじゃ……穣にはコーヒーとは認めてもらえないな……きっと〟

「……何でしょうか」

貴和は意識を目の前の観月に引き戻す。

大信田と観月に似たところはひとつもない。強いて言うなら……プロポーション、立ち姿だろうか。ふたりともすらりとした長身で、姿勢のいい立ち姿が印象的だ。しかし、似ていると言えばそれだけで、あとはまったく正反対の個性といってもいい。先鋭的で触れたら切れそうな鋭さが、そのシャープな容姿からも、低く響く滑舌のいい喋《しゃべ》りからも感じられる大信田に対して、観月はすべてが柔らかい。常に微笑みを絶やさない優しげな容姿に、しっとりとした柔らかな声、口調。大信田が強く輝くダイヤなら、観月は光を放つよりも光を吸い込む真珠だろう。

「先生は発症後何時間経てば、ＣＴ画像で脳梗塞を診断できますか？」

「……」

一般的に、ＣＴは早期の脳梗塞検索には向かないと言われている。早期梗塞の検索にもっとも力を発揮するのは、何と言ってもＭＲＩの拡散強調画像だろう。事実、貴和たちの所属する北西大脳センでは、救急搬入されてくる早期脳梗塞疑いの患者に対しては、身体的な支障がない限りは、ＭＲＩ検査がまず優先される。

「……範囲の大きさにもよりますし、確定といわれると厳しいかと思いますが、一応、一時間……と申し上げます」

貴和はゆっくりと言った。その瞳に宿り始めた強い輝きに、観月が思わず言葉を失っているのにも気づかず、貴和は淡々と続ける。

「所謂《いわゆる》early signです。臨床症状で梗塞のだいたいの大きさや位置は想定できますから、後は画像上のearly signを見逃さないようにすることです」

ふと貴和の脳裏に、忘れられない……忘れることのできない症例が浮かんだ。

〝あれは……あれは絶対にＢＡＤだった……〟

貴和は、よほど画像を見ることに長《た》けている医師でなければ読み取ることのできないわずかな脳梗塞の前兆を読み取ることができる。それは微《かす》かな脳梁《のうりょう》の消失であったり、脳自体の腫《は》れであったりするわけだが、それを画像からすくい上げるには、医師としての能力が大きく問われる。

〝僕は……絶対に間違っていない……〟

自分の本来の専門について話す……その久々の感覚に、貴和の神経は鋭く研ぎ澄まされていく。脳裏に、あの時の画像が大きくはっきりと蘇《よみがえ》ってくる。貴和の才能のひとつに、この異様なまでの画像の再現能力というものがあった。一度見た画像は決して忘れない。その細部に至るまで、はっきりと頭の中に再現することができる。

「貴和先生？」

突然黙り込んでしまった貴和に、観月が少し心配そうに声をかけてくる。

「あ、ああ……すみません……」

〝あの患者さんは……結局どうしたんだろう……〟

あの後、何度か大信田にメールしてみたが、彼からの返信は一度として戻ってこなかった。

〝やっぱり……井澄先生に……〟

思わず電話に手を伸ばしかけて、はっとそれを引っ込める。

〝だめだ……そんなことをしたら、井澄先生にご迷惑がかかる……〟

「貴和先生……？」

すでに診療時間は終わり、他の医師たちは引き上げているようだ。しばし、貴和は深い思考の海に沈む。

〝どうする……〟

微かにたゆたうコーヒーの香り。あの香りはもっと濃密だった。大信田の部屋に漂い、いつも貴和を抱きしめていた香りは。しかし、記憶を呼び覚ますには、この微かな香りは十分すぎるほどのものだった。

〝穣と僕は……生まれた時から一緒だった……〟

たった三日違いで同じ産院に生まれ、常に机を並べ、そして、いつの間にか性別を超えて愛し合うようになったたったひとりの恋人。運命というものを信じるなら、自分と大信田の間には確かにそれがあると貴和は思う。

「観月先生」

貴和はゆっくりと顔を上げた。

「……これから、出かけてきます」

「これからって……」

観月は、すでに沈みきった夕陽の残光に目を細めながら言った。

「お近くならお送りしますよ」

「いえ」

すでに貴和は、羽織っていた長白衣を脱いでいた。

「遅くなると思います。明日の診療時間には間に合うと思いますが、万が一、深夜に何かありましたら……」

「貴和先生」

観月が手にしていたカップを置いた。

「どうしても、今日でなければなりませんか？　明日なら、休みの前日ですし……」

「いいえ」

貴和はドアに手をかける。

「……今でなければならないんです」

運命の神がふと手を差し出し、ぐっと強く引き寄せてくれた今でなければ。それが明るく陽のあたる道に引き出すためのものなのか、それとも、暗い闇に突き落とすためのものなのかはわからなかったが、今の貴和は、その手にすがるしかない。

「……行ってきます」

「貴和先生……」

ふと伸ばされたその指先を視線の端に捉《とら》えながらも、貴和はすいと顔をそらして、ドアを閉じる。

心はどこに行くのだろう。閉じたドアに背中をつけて、貴和はしばし考える。

僕は……どこに行こうとしているのだろう。

ACT 10

「雨……だ」

タクシーの窓に当たり始めた小さな雨粒に、貴和はつぶやいた。

「あんなに……夕陽がきれいだったのに……」

「こっちはずっと曇っていましたよ」

運転手が答える。

「まぁ、二百キロ近くありますからねぇ。天気も変わりますか」

「ええ……」

目的地に近づくに連れて、雨粒は大きくなっていく。

「……そこで止めてください」

「はい」

貴和がタクシーを降りたのは、北西大脳センのほぼ裏側にあたる場所だった。建っているのは淡いクリーム色のマンションだ。

『おいしそうだね、何となく』

彼がこのマンションを買った時、貴和はそう言ったものだ。

『レモンシフォンケーキの色だね』

そのふわふわと柔らかなシフォンケーキは、雨に濡《ぬ》れて今にもしぼんでしまいそうに見えた。


大信田は疲れた足を引きずるようにして、自宅に戻った。

「ふざけやがって……」

大成会の常勤派遣になり、大信田は松永の後始末に追われていた。

松永はカルテをきちんと書かないタイプの医師だった。自分の頭にすべて入っていると豪語し、確かに聞けば指示はきちんとしてくれるのだが、口答指示が多く、それが残っていないため、すべてを引き継いだ大信田は途方に暮れた。カルテにあるのは看護師のとったアナムネのみで、患者の容態の経過がほとんど記載されていないのだ。頼りは看護記録のみである。それを参照しながら、カルテを書き上げていくだけで、ほとんど一日が終わってしまうような状況が続いているのだ。疲れないはずがない。

「まったく……」

意外に思われるが、医師の仕事は書類書きが多い。それは外科医である大信田でも同じだ。

メスの扱いは得意でも、ペンはできるだけ握りたくないのが外科医の常である。大信田もまた、必要最低限の書き物ですらできるだけ回避し、オペ室に逃げ込んできたのに、まさかこんな形で他人の尻《しり》ぬぐいをさせられるとは思ってもみなかった。

「明日はオペ日だから……また、仕事が溜《た》まるか……」

つぶやきながら、ふと視線を上げた。

「……？」

大信田の自宅は、十階建てマンションの七階だ。その南の角部屋が大信田の自宅である。去年の暮れにようやく頭金を貯めて買った城である。そのドアの前に所在なげに立ち尽くす人影があった。キーをポケットから出して、すっと足音を殺す。

このマンションはオートロックだ。エントランスのドアを通ってここに入ってこられるのは、一応、キーを持っているか、ここの住人に内側からロックを解除してもらえる者だけだ。

「まさ……か……な」

ほっそりとした華奢《きゃしゃ》なシルエット。全体のイメージから感じるほど背は低くないのだが、顔が小さく、なで肩気味の華奢なプロポーションのせいで、彼の印象はどこか儚《はかな》げだ。

しかし、あそこに立っているのが彼なら、どうして部屋の中に入らないのかが不思議だった。ここまで来られたということは、彼がまだ大信田の部屋の鍵《かぎ》を持っているということに他ならないからだ。

〝貴和……〟

彼のはずがない。彼しかいない。

大信田の中で、ふたつの相反する感情がぐるぐると回っている。

「あ……」

ゆっくりと近づいた人影に、彼が顔を上げた。

忘れるはずもない白い小さな顔。綺麗《きれい》に整った女性的な顔立ちだ。さらさらと音を立てそうな素直な髪は、折からの雨にしっとりと濡れている。頼りなげに揺らめく栗《くり》色の瞳。微笑むことも引き結ぶこともできないまま、薄く開いた色を失った唇。彼はいったいどれくらいの間、ここに立ち尽くしていたのだろう。中に入ることもできないままで。

「穣……」

甘い声。仕事の時は、柔らかいながらも滑舌のいい口調なのに、プライベートの彼は優しい甘い口調で話す。語尾が舌に甘く絡まる感じで、それを聞くと大信田は彼を抱き寄せて、その唇を奪いたくなる。とろりと甘ったるい蜜のようなキスに酔いたくなる。しかし。

「……何か用か」

大信田は視線を引き剝《は》がすようにして外した。

貴和。

なぜ、ここに来た。なぜ、ここにいる。

「……聞きたいことがある」

貴和の手の中にあるのは、キーホルダーから外された鍵だった。ずきりと大信田の胸が痛む。目の前にあるのは、角度の大きすぎる別れ道だ。大信田の答えひとつで、別れ道のひとつは永遠に閉ざされる。そして、哀しい現実。

大信田は、その別れ道を閉ざす答えしか、貴和に与えることができないのだ。

「……帰れよ」

あえて背を向けたのが、大信田の最後の弱さ。彼の顔、彼の瞳、彼の涙。すがる視線。震える指。そのすべてを見る勇気がない。

「俺には……何も言うことはない」

「穣、ひとつだけ答えてほしい」

どうして、彼の声はこんなに凛《りん》と澄んでいるのだろう。胸に突き刺さるほどに。

「あの……大成会の患者はどうなった」

「おまえには関係ない」

ウィークポイントにぐさりと突き刺さる。

貴和、どうしておまえはそんなにも無防備なんだ。どうして、自分を守ろうとしない。おまえは……おまえは俺にとってたったひとりなのに。

「関係ないことに口出しするな」

「関係なくない」

貴和の手が伸びる。その指先が袖《そで》に届く瞬間、大信田は非情なまでの力で、それを叩き落とす。

「穣……」

冷え切った指先に感じる切り裂くような痛み。貴和の大きな瞳が信じられないものを見る大きさに見開かれていた。そこに透き通る涙が溜まる前に、大信田はドアの鍵を開ける。

「帰れ」

「穣……っ」

「……迷惑だ」

そして、するりと部屋に滑り込み、大信田はそのまま冷たい床に崩れ落ちる。

「貴和……」

ドアの外。聞こえるのは激しさを増す雨音。静かに涙を流す人の気配すらかき消して、雨が降る。

「貴和……っ」

両手に顔を深く埋めて、大信田は声もないまま慟哭していた。

半身をもぎ取られる痛みに、声すら出せない。息が止まる。全身ががたがたと震える。

「貴和……」

自分から終わらせる。それが愛だと信じた心が揺らぎそうになる。このドアを今押し開けて、追いかけて、そして抱きしめれば……。何もかもを捨て去り、ふたりだけで逃げ出すことができたらと、あるはずもない夢を見る。

「貴和……」

どうして、愛してしまったのだろう。ただの友達、ただの幼なじみだったら、これほどの痛みは感じずにすんだだろうに。

降りしきる雨の中、閉ざされたドアを挟《はさ》んで、恋人たちはただ冷たい涙の海に溺《おぼ》れ……沈んでいく。


「貴和先生」

かじかんだ手でうまく入らないキーに悪戦苦闘している貴和の背中を、温かな声がそっと包み込んだ。

「そんなに濡れて……風邪をひいてしまいますよ」

「だいじょ……っ」

言いかけたとたんに、小さなくしゃみが出た。

貴和が光陽病院の職員住宅にたどり着いたのは、十一時を回った頃だった。

「どうぞ。ちょうどお風呂にお湯を張ったところです」

観月が自分の部屋のドアから顔を出していた。

「でも……」

「梅雨時は風邪をひきやすいんです。どうぞ、入ってください」

ここで押し問答していても仕方がない。貴和はおとなしく観月の好意を受けることにした。

さっぱりと片づいた観月の部屋は、やはり貴和のものとほとんど同じワンルームの作りだ。微かな紅茶の香りがする。

「着替えは適当に出しておきますから、ゆっくりと暖まってくださいね」

「……ありがとう」

観月は貴和がびしょ濡れになって帰った理由を一言も聞こうとしなかった。いや、優秀な心療内科医である彼は、何かを悟っているのかもしれない。患者の間での観月のあだ名は『千里眼』だ。誰もが、観月に隠し事や嘘をつくことができないのだという。彼はそのことごとくを静かな優しい口調で言い当ててしまうというのだ。

温かいお湯に冷え切った身体を沈めて、貴和は深いため息をつく。

「……終わりなんだ……」

細い細い赤い糸がふっつりと切れた。ずっとずっと大切に紡ぎ続けてきた糸がふっつりと切れた。あのドアが閉ざされた瞬間に。

「でも……」

貴和は口元までお湯につかって、ため息を逃がす。

「これで……よかったのかもしれない……」

自分と大信田の関係は決して世間的に許されるものではない。まだ若い今は仲のよい幼なじみで通っても、年を重ねていくに従って、それは不自然になっていくだろう。そして、相良の言を借りるなら、上昇志向のある大信田はやがて、講師から助教授、教授へと駆け上がる。その階段の途中で避けて通ることができないのが結婚だ。医師には二つの種類があると言われている。若くしてさっさと結婚してしまうタイプと遊ぶだけ遊び、医局内での立場がぐっと上がる頃にステイタスの高いお嬢様と結婚するタイプだ。今のところ、大信田は後者の筆頭といわれている。いずれ、彼の元にはさまざまな縁談が持ち込まれ、たぶんもっともレベルの高い女性と結婚することが求められる。

「これで……よかったんだ……」

今なら、まだ傷は浅い。深いけれども浅い。

ざばりとお湯で涙を流して、貴和は再びこぼれそうになるものを、こくりと小さく喉《のど》を鳴らすことで飲み込んだ。

室内は柔らかい紅茶の香りに満ちていた。

「本当は……紅茶をお飲みになるんですね……」

ことりと置かれたカップに、貴和は微笑みながら顔を上げた。微かにブランデーの香りのするきれいに澄んだ水色《すいしょく》は、かなりいい茶葉を丁寧にいれたからこそのものだ。

「コーヒーも飲みますが、やっぱりリラックスする時はこっちですね」

貴和をソファに座らせ、観月はデスクの前の椅子《いす》に座った。少しだけ置いた距離が彼の優しさだろう。

「貴和先生、その……僕に対する敬語はやめませんか？」

観月が笑いながら言った。

「僕は先生より三級下です。敬語は必要ないと思います」

「そう……ですか……」

貴和はゆるく首を振る。

「特に意識はしていないのですが……言われてみれば、僕は……下の先生にも敬語が多いですね。よく派遣先で、僕より若い先生よりももっと下に見られることがあります……」

「それでもむっとしたりはしないのでしょう？」

「それは……そうですが」

観月はくすくす笑う。

「先生は優しいから」

「……そんなことはありません」

貴和は静かにいい香りのする紅茶をすすった。

「僕は……少しも優しくなんかありません」

ぽとりとこらえていたはずの雫《しずく》が紅茶の中に落ちる。

「優しかったら……」

「優しいですよ」

観月が貴和の言葉を遮《さえぎ》るように言った。

「そして、優しいことは悪いことではありません」

「え……」

「いえ、何だか……先生は優しいことがあまりいいこととは思っていらっしゃらないような
……そんな感じを受けるので」

観月は自分のカップの中に多めにブランデーを落とした。

「先生、優しさが弱さだと思っていらっしゃいませんか?」

いつになく、はっきりとした口調で観月が言った。

「先生はご自分が弱いと……そう思っていらっしゃいませんか?」

「……弱い……」

貴和は低く答えた。

「僕には……何の力もない。僕には何もできない」

「なぜ」

「僕は……」

貴和の中に理不尽な怒りのようなものが湧《わ》き上がっていた。

「僕はたったひとりの患者も助けることができなかった。助けるどころか……その人がいったいどういう転機をたどったのかすらもわからない。知る術《すべ》すらない」

「ひとつ聞きます」

観月がゆっくりとした仕草で携帯電話を引き寄せた。

「先生が今日行ったのは……もしかして、北西大ですか？」

「……正確には違うけど……その関係……だね」

「転機をお知りになりたい患者は北西大脳センの患者ですか？」

「……違う」

「となると……」

観月は一本の電話をかけていた。

「……ああ、観月だけど、久しぶり。ちょっと聞きたいことがあるんだけど、いい？　……うん、おまえの勤め先のこと。……ちょっと待ってて」

そして、電話を貴和に向けて差し出した。

「大成会脳神経外科病院に勤務している僕の同級生です。診療科は神経内科で、高橋《たかはし》と言います」

貴和ははっとした。そういえば、大成会にそんな名の若い医師がいた。出身大学が違うので、詳しいプロフィールは知らないが、おとなしい感じの穏やかな青年医師だったと思う。貴和は携帯を受け取った。

「……突然申し訳ありません。光陽病院の……御影です」

『うわぁ、びっくりした。大成会脳神経外科病院の高橋です』

電話の向こうは無邪気な声を出していた。その素直さに何となく微笑んでしまう。

『先生はご存じないかと思いますが、僕は先生の検査とか治療、たまに見せていただいてました。先生がおいでにならなくなってから、井澄院長がほとんどの動脈瘤《りゅう》治療を手がけているんで、大変です。僕まで助手にかり出されてます』

「そうですか……」

大成会には今脳血管内科医の派遣はないと聞いている。当然、脳神経外科からの派遣は出ているのだから、そちらの手を借りればいいようなものなのだが、脳神経外科から脳血管内科に転科した井澄としては、その手は借りたくない……借りられないというところなのだろう。医療の世界は残念ながら、なかなか患者中心には動かないのだ。

『で？　何かお聞きになりたいことがおありとか。僕にわかることなら』

「ええ……」

少しためらってから、貴和は四月のことだと前置きして、あの救急搬入の顛末《てんまつ》を話した。

「患者の個人情報については、僕自身画像を見ただけなので、ほとんど覚えていません。こんな曖昧《あいまい》な情報ばかりで申し訳ないのですが……」

『ああ……』

だが、高橋の反応は意外だった。

『それだけで十分です。これはちょっと……驚きましたね』

「はい？」

『いえ、これは僕が言っていいのかどうかわかりませんが、僕は北西大にはまったく関係ないので、まぁいいと思います。何にしても、当事者の先生がまったくこの事例の転帰をご存じないというのはフェアじゃありませんから』

なぜか高橋の口調が突然怒気を帯びたことに、貴和は戸惑っていた。

〝どういう……こと？〟

『先生がおっしゃっている症例は、おそらく四月七日夕刻に搬入された右不全麻痺、軽度構音障害の患者のことだと思いますが』

「はい、僕は画像を見ただけですが、患者の年齢は五十代から六十代と推定されます」

貴和の言葉に、高橋は驚いたように応じた。

『ええ、おっしゃる通りです。患者は五十五歳、男性でした』

間違いない。高橋の記憶は信用できる。

「主治医は……松永先生ですね……」

『まぁ……一応そういうことになりますか』

「一応……？」

『先生はあの患者の画像をごらんになって、どう診断なさいましたか』

唐突な高橋の問いに、貴和は少し戸惑いながら答えた。

「僕は……ＢＡＤと読みました」

『しかし、松永先生はラクナ梗塞と診断なさった』

「ええ……」

『そして、クリティカルパスは軽度に設定されました。投薬等もそれに準じた形です』

〝ああ、やっぱり……〟

『入院二日目の夕刻、発症からは六十時間経過した頃ですか、患者は右完全麻痺、高度構音障害、失見当識《しつけんとうしき》に陥りました』

「え……っ」

それは貴和が想像していたよりもはるかに重い状態だった。

『発症三ヶ月の現在、患者はほぼ寝たきりの状態です。摂食障害も出てきたので、ＩＶＨ管理になっていますが、感染の心配もありますので、近く胃瘻《いろう》を造設する予定になっています』

〝何て……ことだ……〟

貴和は言葉を失う。

『松永先生のミスは画像の読み違いの他にもありました。患者の高血圧とＤＭの既往を見逃して、投薬ミスをしたんです。もちろん、これに関しては患者の家族には説明されていませんが』

高橋の言葉がひとつひとつ突き刺さってくる。

『患者は胃瘻を造設次第、近くのリハビリ病院に移る予定です。おそらく、またそこからどこかに移ることになるでしょう』

「……井澄先生は……」

ようやく言葉を絞り出した貴和に、高橋は言った。

『この件に関しては完全な事後報告でしたので、大層な激怒ぶりだったと聞いています。あの穏やかな院長が、松永先生が部屋の隅に吹っ飛びそうな勢いで怒鳴りつけたということですから。しかし……』

高橋がため息混じりに言う。

『やっぱり、御影先生、あの画像を読影してらしたんですね。井澄院長がおっしゃったらしいんですね。どうして、御影先生に相談しなかったって。松永先生は御影先生はもう院内にいなかったって言ったらしいんですけど、井澄先生はあり得ないってつっぱねて。即行大学にねじ込んで、松永先生のクビを飛ばしちゃったんですけど、何でだか、御影先生のクビまで飛んじゃってて。あ、すみません』

「いえ」

貴和は短く答えた。

「夜分にすみませんでした。どうも……ありがとうございました」

『いえ。よろしかったら、またこちらにもいらしてください。僕、先生とゆっくりお話もできないままだったんで』

「はい。失礼します」

貴和は電話を切った。

「……疑問は解けましたか」

ことりと携帯をテーブルに置いた貴和に、そっと観月が問いかけた。貴和は力なく頷く。

「……よく、僕が気にしているのが大成会がらみだとわかったね」

「言ったでしょう？　こんな田舎《いなか》の病院でも噂《うわさ》は複数のルートから流れてくるって。貴和先生がこちらに来られると決まった時、最初に連絡をよこしたのが、今の高橋です。彼の口ぶりから、貴和先生が不本意な異動を余儀なくされた原因は、脳センではなく大成会にあると思いました。だから、聞いてみただけです」

貴和は両手でそっとカップを包み込んだ。まだ微かなぬくもりを持っているカップは、冷たいものを飲み込んだような感覚をほんの少しだけ温めてくれる。ゆっくりとすする紅茶は微かに甘くて、ぎりぎりと高ぶる神経を少しずつ少しずつゆるめてくれ、貴和は細い息を吐いた。

「……やっぱり、僕は何もできない」

「何も？」

「そう。僕は……あの患者がこのままの治療方針でいったら、やがて重篤な状態になるとわかっていたのに、何もできなかった。僕は……ひとりの患者の一生を奪ってしまった」

「貴和先生」

すっと観月が立ち上がる気配がした。彼のすらりとした影がうつむく貴和の上に落ちて、やがて、ソファの隣がふんわりと温かくなる。

「また……泣いていますね」

観月のしっとりと柔らかな声が耳元に聞こえた。貴和はきつく目を閉じたまま、ただ深くうつむく。声を漏《も》らさないのが最後のプライドだ。声を上げて泣いてしまったら、きっと折れてしまう。ぎりぎりで支えられているこの弱い心は。

「あなたが泣いている今も……誰かが倒れていると考えたことがありますか？」

きんと硬質な口調に、貴和は思わず顔を上げていた。

「え……」

　観月の言葉は意外なものだった。

「観月先生……」

「何て……僕もここに来た当初はそう思いました」

　少しだけ声がまた柔らかくなった。

「先生にはかっこのいいこと言ってきましたが、僕もね、同じだったんです」

「同じ……」

「ええ。僕も北西大脳センを見てきた医者ですから。ここに来た時はね、ちょっと呆然《ぼうぜん》とした覚えがあります」

　観月はおっとりとした口調で続けた。

「いくらサテライトといっても、低磁場のＭＲＩすらない。かろうじてあるＣＴもマルチでなく、一時代前のヘリカルです。正直ね、ここでどうやって患者を診ろって言うんだって思いました」

「でも、君は……」

「ええ。おかげさまで、今は患者さんもついてくれましたし、ここでの仕事に満足しています。先生、僕は気がついたんです。ここで、こんな僕でも頼ってきてくれる患者さんたちを診ているうちに」

観月の腕がそっと貴和の肩に回された。華奢な肩を優しく何度も何度もぽんぽんと叩いてくれる。それはまるで、眠れずにぐずる子供にする仕草だ。

「最先端の機器がないと……患者さんを診ることはできないんでしょうか。僕の目と耳だけで患者さんの声を聞くことはできないんでしょうか」

それは医師としての根本を問う言葉だった。

「確かに、先生のなさる治療や検査は、最先端の機器を揃《そろ》えた施設でなければ行えないでしょう。でも、その前段階……最初の診断は必ずしもそうしたものを使用しなくてもできる……僕はそんな風に思います」

「観月先生……」

「事実、先生は早期の脳梗塞でも、CTで診断できる自信があるとおっしゃいましたよね。目の前に患者さんがいれば、どんな場所でも、医者は診察して、診断を下さなければなりません。それは最新鋭の施設に限りません。極端なことを言ってしまえば、たとえ道端でも、そこに患者さんがいれば、僕たちはその人を見捨てることはできない。この目と耳と手で、できるだけのことをしなければならない。違いますか?」

「ええ……」

彼の手が温かい。自分の両手に顔を埋めて、貴和はそのぬくもりを感じる。

「そう……。そうだよ……」

忘れていた。初めて、患者の前に立った日のことを。精一杯患者を見つめ、その言葉を聞き、触れる指先に神経を集中した日のことを。

〃僕は……いつの間にか、自分の目で見ることを忘れていた……〃

いつの間にか、この目は患者よりもモニターを見るようになっていた。この手は患者に触れるよりも、カテーテルの先の感覚を追うようになっていた。この耳は患者の言葉よりも、規則的なモニターのパルス音だけを聞くようになっていた。

「先生は長くここにいらっしゃる方ではないと思います。でも、ここにいる間は……医師としての自分の感覚や経験を信じてください。そして……口幅ったい言い方になってしまいますが、患者さんから見、聞き取り、感じ取ってあげてください。先生なら……それがおできになると思います」

「……」

彼の言葉は温かかった。冷たく強《こわ》ばった肩を抱いてくれるその大きな手のように。

彼からはからりと乾いた海の香りがした。いつも貴和を包んでいたコーヒーと煙草《たばこ》の香りではなく、清潔な海の香りがした。

〃このまま……〃

ふっと目を閉じる。そっとその手に頰を寄せる。ようやく涙の乾いた頰を温かな指が撫《な》でてくれる。

〝このままでも……いいのかもしれない〟

ここには雨が降っていなかった。あれほど強く降っていたはずの雨が、なぜかここには追いついて来ない。

ここは温かい。

「眠くなったら……眠ってください」

温かい。わずかなブランデーの酔いなのか、それとも、この優しいぬくもりのせいなのか。

貴和の身体も心も、ゆっくりと傾いていく。

「……おやすみなさい」

閉じた瞼《まぶた》に甘すぎる温かさを感じながら、貴和は静かに眠りの淵《ふち》へと滑り落ちていったのだった。

ACT 11

梅雨《つゆ》が駆け抜けていくとやってきたのは、きらめくような夏だった。

「うわ……」

高台にある光陽《こうよう》病院の窓は、ほとんどが西に向いている。西……すなわち海の方向だ。

「何か……凄《すご》いな」

きらきらと輝く水面は、まるで一枚の巨大な鏡だ。その鏡は今、真っ白な光を放つ真夏の太陽を照り返して、目が焼けてしまいそうなほど強烈な光をこの窓辺に突き刺してくる。

「もう、今の時期はブラインド閉めてもだめなんですよ」

笑いながら言ったのは、すっかりうち解けた師長のひとりだった。

「室内でも強力な日焼け止めが必要だって、若い子たちは嘆いてます」

「部屋の中で日焼けできるなんて、わざわざ肌を焼きに行かなくてもいいんじゃないの」

くすりと笑いながら言う貴和《たかかず》に、周囲の看護師たちがわっと盛り上がる。

「やだぁ、貴和《キワ》先生。今時、わざわざ日焼けするコなんかいませんよぉ」

「そうよ、美白美白っ！」

「海に行く時だって、がっちり日焼け止めの三重塗りくらいするんだから」

「ほらほら、あなたたち。さっさと申し送りをしてしまいなさい」

のんびりとした病棟では、師長も看護師たちもおっとりしている。常にどこか急《せ》かされるような慌ただしさのあった脳センのナースステーションとはまったく違う雰囲気に、貴和もようやく慣れてきていた。

「御影《みかげ》先生」

カルテ書きに戻った貴和に声をかけてきたのは、内科を診ている平田《ひらた》医師だった。貴和の父親といってもいいような年配の穏やかな人だ。

「はい、平田先生」

「これをちょっと診てもらっていいですか。御影先生は頭以外のレントゲンも読めると聞いたものですから」

「あ、はい」

袋から取り出されたのは、何と胃の透視写真だった。バリウムでの造影写真など、貴和も久しぶりにお目にかかるものだ。少々面食らいながらも、じっと目をこらしていく。

「あ……小さな潰瘍《かいよう》がありますね……」

貴和の細い指がきれいに薄くバリウムのついた胃壁を示す。

「ここ……前壁側になりますか、小さなニッシェが見えます。拡大率……どのくらいかな、距離一メートルで一・一倍だから……七ミリくらいかな。カメラは？」

「それが……どうしても嫌だとごねられまして」

平田医師が苦笑している。

「それで、レントゲンの技師さんに頼んで、透視をやってもらいました。このご時世ですからねぇ、放射線科の専門医でもなければ、医者でまともな胃の透視ができる者なんていませんから」

最近は消化器系の内科でも内視鏡が中心となり、胃や腸の透視ができる医師は少なくなっている。どちらも人体の構造を知っているだけではできないやや特殊なテクニックを必要とする分野だ。

「しかし、御影先生は大したものですなぁ。その若さで専門外の写真まで読めるとは」

「いえ、僕はちょっと特殊なんです」

後でムンテラしやすいように潰瘍の部分に特殊なペンで丸を付けながら、貴和は首を振った。

「学生の頃から、二次元の画像から三次元の人体を想像するのが好きだったんです。そんなこともあったんで、専門に進んでからも放射線科の読影会なんかによく出ていたので」

「ああ、いいことですねぇ」

平田医師はにこにこしている。

「御影先生も観月《みづき》先生も勉強熱心ですねぇ。本当、こんな田舎《いなか》のサテライトで隠居させておくのは惜しいですよ。まったく……大学の人事も何を考えているのやら」

「いいえ」

貴和は次のカルテを開きながら、ゆっくりと首を振る。

「僕はここが好きですよ。患者さんともスタッフともじっくり話ができるし、救急車の音に追いかけられることもないし」

「ま、魚も酒もうまいですしな」

豪快に笑いながら、平田医師はとことことナースステーションを出て行った。その愛嬌《あいきょう》のある後ろ姿を見送って、貴和はおっとりと微笑《ほほえ》む。

「……確かにね」

忙しさにかまけて、料理などしたこともなかった自分が今や魚を三枚に下ろすことまで覚えてしまった。

「さてと……」

カルテを何冊か抱えて、立ち上がる。

「医局にいます」

医局に戻ると、貴和は無意識のうちにパソコンを立ち上げていた。ここにあるのは、大学とは比べものにならないほど速度の遅い旧式のものだが、画像を扱ったり、大きなファイルをダウンロードしようと思わなければ結構使える。貴和はメールソフトを立ち上げ、カルテを開く片手間にメールチェックした。

「うわ、何だこれは。別の人の看護記録が挟《はさ》まってる」

まったく……と立ち上がりながら、ふとパソコンの画面に目がいった。

「え」

思わず椅子《いす》に座り直してしまう。いや、座り直すというよりもむしろすとんと腰が落ちたという方が正しい。

「嘘だ……」

メールボックス。数え切れないほどのスパムメールの中に混じり込んでいたのに、どうしてわかってしまったのだろう。自分でもわからない。たったひとつのその名前。

「どうして……」

サブジェクトは『会いたい』。

そして、その差出人は忘れたくても忘れられないひとの名前だった。

『貴和へ

おまえと会えなくなって、ずいぶん長い時間が過ぎたような気がする。おまえのことだ。光陽病院でもがんばっていると思うが、やはり、おまえにはここにいてほしいと思う。許されないことだとは思うが、やはり北西《ほくせい》にはおまえが必要だ。いや、俺におまえが必要だと思う。会いたい。会って、おまえを抱きしめたい。明日午後十時、脳外研究室で待っている。

大信田《おおしだ》　穣《ゆたか》』

「何で……？」

貴和はかすれた声でつぶやいた。

「何で……今頃……」

あの雨の夜から、もう一ヶ月近くが過ぎている。

「何で……？」

疑問なら山ほどある。この頭の中が疑問符でいっぱいになってしまうほどだ。しかし。

「何も……言ってくれないじゃないか……」

貴和はぼんやりと涙で霞《かす》み始めた画面を見つめる。

どこかぎこちない大信田らしくない文章。しかし、これが今の彼の精一杯なのだとしたら。

「このアドレス……まだ消去してなかったんだ……」

貴和はふたつのメールアドレスを持っている。大学から与えられたａｃのついたものと個人で取っているプライベートアドレスだ。このメールはプライベートアドレスで来ていた。このアドレスを知っている人間はごく限られる。もちろん、大信田もそのひとりだ。

「穣……」

会ってどうすると問いかける声と会わずにいられるかと問う声がする。

「……っ」

自分の両耳をふさいで、貴和は強く首を振る。

……会わずにいられたら、どれほど自分は楽になれるだろう。


「あれ……」

ナースステーションの窓から下を見下ろしていた観月の不思議そうな声に、看護師たちが振り返る。

「どうしたんです？　観月先生」

「あ、うん……貴和先生が」

今、駐車場で見慣れない車に乗り込み、出かけていったのは間違いなく貴和だった。確認した時計は午後七時過ぎだ。

「貴和先生、車持ってたんだ……」

「あ、レンタカーみたいですよ」

看護師のひとりが答える。

「ついさっき、私駐車場で会ったんです、御影先生に。車買ったんですかって聞いたら、借りたんだよって。何か、大学に用があるからって」

〝大学に……？〟

観月はもう一度下を見下ろす。車はすでに病院の敷地内を出て行くところだった。

「大学にわざわざ行く用事なんて……」

観月の胸に、何かざわざわとした不快な予感が浮かび上がってくる。

〝貴和先生が今いちばん近づきたくないところのはずなのに……〟

ようやく、さまざまなショックから立ち直って、笑顔が増えてきた貴和。彼の優しい笑顔見たさに、せっせと通ってくる患者までいて、彼はすでにこの病院の顔のひとつになりつつある。

〝やっと……すべての歯車が嚙《か》み合い始めたところなのに……〟

観月はしばしの間、そこに立ち尽くしていた。車はどんどん遠ざかっていく。黄昏《たそがれ》の海に溶け込むようなブルーの小さな車。ここから遠ざかる。

「……っ」

観月は足早にナースステーションを出た。

「観月先生……っ」

追いかける看護師の声をあえて無視して、自分の医局に駆け上がる。

嫌な予感はさらに黒く胸を塗り込める。

優秀な心療内科医は自分の心の動きにも敏感だ。

このままじっとしていてはいけないと思った。動き出さなければ、絶対に後悔すると思った。

観月は自分の机から車のキーを取り上げると、白衣を脱ぐのももどかしく、病院から駆けだしていた。


夜の病院は異界だ。櫛《くし》の歯が欠けたように点《つ》いたり消えたりしている窓の明かりは、見方によっては人の顔のように見え、ふとそこに表情を見て、背中がそそけだったりもする。

夜の研究室もまた異界だ。昼間は机に座りきれないほどの人がいる研究室も、夜はひっそりと静まりかえる。これでも、論文の締め切りが近くなると、朝までパソコンを叩《たた》く音が響いたり、そのへんに人が転がって寝ているような光景も珍しくなくなるのだが、夏休みに入った今は夜の九時を回ると、もうほとんどの研究室の明かりが消えている。

「遅くなっちゃったな……」

やはり慣れない運転はするものではない。タクシーなら二時間の距離に、ほとんどペーパードライバーに近い貴和は二時間半以上を費やしていた。目の奥と肩、背中がじんじん痛んで、全身がぐったりと疲れているのがわかる。しかし、心は驚くほどに高揚していた。心に身体が引きずられる……そんな感じだ。

〝確かめたいだけだ……〟

長らく使わなかったＩＤカードをスリットに滑らせて、貴和は研究棟に入った。足音を響かせてしまわないように気をつけながら、歩き慣れた通路を歩く。

〝ただ……確かめたいだけだ……〟

自分に幾度も言い聞かせる。

理性ではわかっている。上昇志向の強い大信田が、取り返しのつかない事態を引き起こした自分を切り捨てただけなのだ。しかし、感情は理解していない。何もかもを共有し、ずっと同じ道を歩き続けてきたふたりが、どうして突然離れなければならないのか。その理由を彼自身の口から聞きたい。また聞きにも推測にも疲れた。引導を渡すなら、彼自身の口から聞きたい。終わりの幕は自分たちで下ろすべきだ。

〝でも……〟

心の片隅には、小さな希望が隠れていることは否定できない。パンドラの箱の片隅に隠れていた小さな妖精《ようせい》のように、貴和はたったひとつの言葉にしがみついている自分をも感じている。

『抱きしめたい』。

たったひとつのその言葉に。

貴和の足が止まった。『脳神経外科研究室』。そのドアのノブにそっと手をかけた。カチリと軽い音を立てて、ノブが回る。やはり鍵《かぎ》は開いていた。

『北西大の動きには変わりないと思うよ』

病院を出る寸前にかけた一本の電話。相手の高橋《たかはし》はすぐに出てくれた。

『今日も大信田先生、こっちで当直だしね。井澄《いずみ》先生がやっきになって、脳血管内科から派遣引きずり出そうとしてるけど、全然なしのつぶてだし』

「確か……貴和先生の親友といえば大信田先生のはずだ……」

貴和と大信田のコンビは北西大脳センの名物だ。生まれた時から今まで、ずっと一緒にいるという伝説のふたりである。穏やかで端麗な容姿の貴和と精悍《せいかん》で男っぽい大信田は、正反対の個性を持ち、だからこそそのコンビネーションで、今までめざましい治療成績を上げてきたのだという。しかし、この春、突然の貴和の左遷で、ふたりは離れた。

「貴和先生がこんな時間に……わざわざ車を借りてまで会いに行くなんて……」

相手は大信田としか考えられない。しかし、その当の本人は別の病院で当直中なのだ。不安はどんどんふくらむ。ちらりと視線を上げ、オービスがないことを確認して、観月はアクセルを踏み込んだ。

研究室は暗かった。多くのパソコンが稼働している研究室は、陽当《ひあ》たりよりもむしろ遮光《しゃこう》を念頭において設計されているため、窓も大きくとられておらず、太陽はもちろん、月明かりも入りにくい。

「穣……？」

近視気味の目に、闇《やみ》はなお深く感じられる。

「穣……いるのか？」

その時だった。

「……っ！」

突然、冷たいものが貴和の目を後ろからふさいだ。

「な、何……っ」

きゅっと頭の後ろで高い絹鳴り。スカーフかネクタイか、ひんやりとした冷たい布で目隠しをされて、貴和は身体のバランスを崩した。背後から突き飛ばされて、床に倒れ込む。

「何する……っ」

声を上げかけて、貴和は強い衝撃を背中に感じて、息を詰めた。硬い靴先で蹴《け》られたのだ。身体を丸めて、けほけほと咳《せ》き込む。

『抱きしめたい』……。男にそんなメールもらって、ほいほいやってくる『神の御子《みこ》』か。とんでもない淫乱《いんらん》だな」

〝この声……っ〟

ねっとりとした冷たい声に、貴和は身体をすくませる。

「……松永《まつなが》先生……」

「おまえたちがうちの大学に来た時から、ずっと噂《うわさ》はあったんだよな。あいつら、絶対にデキてるってな。おまえはまだしも、構内歩けば女がついてくるような大信田が、どんな女にもなびかない。据《す》え膳《ぜん》食ったって噂もないし、それどころか、いくら誘っても合コンにも絶対に来ない。おかしいとは思ってたよ」

ぞっとするような嘲笑《ちょうしょう》の声。

「まぁ……この世界には結構多いんだよな。手っ取り早くそっちの処理するなら、男の方がいいってのは常識みたいなもんだ。なぁ、一回男相手にしちまうと抜けられなくなるってのは本当か？」

「……っ！」

今度は腹を蹴られる。息がつまり、涙がこぼれる。

「おまえ、ずいぶん具合がいいらしいな。……大信田が言ってたぜ」

〝穢……が……〟

貴和の頭が一瞬にして真っ白になる。

「う……そだ……」

「本当さ。おまえにないのは胸ぐらいのもんだ。あっちの具合は最高だし、いつでも喜んで足を開く。気絶するまで生でやりまくったって、妊娠する心配もない。これ以上ないくらいの最高のオモチャだとさ」

〝嘘……だ……〟

「だが、さすがに飽きたらしいな。俺にくれてやるって、おまえのプライベートアドレスまでよこした」

貴和のアドレスを松永は知らない。研究室すら別なのだから、知っているはずもない。それなのに、彼は偽メールで貴和を誘い出した。

〝穢……〟

「こういう時、医者ってのは便利だよな」

低く下品な嗤《わら》いを漏《も》らしながら、松永の冷たい手が貴和の両手を摑《つか》み、頭の上に上げさせるときつく手首のところで縛り上げる。おそらく結束バンドか何かだろう。ぎりぎりと食い込んで、いくら暴れてもいっこうにゆるまない。

「や……いやだ……っ!」

「少し静かにしろ」

冷たい指が頸動脈《けいどうみゃく》をぐっと押さえた。すうっと意識が遠のいていく。柔道などの絞め技での『落とす』状態だ。軽い酸欠である。

「……男を犯《や》ったことはないが、身体構造は知り尽くしてる。まぁ……男に犯られ慣れてるおまえなら、大して気を遣わなくても、気持ちよくさせてくれそうだがな」

半ば失神した状態の貴和から、松永はぞっとするような手際のよさで着衣を剝《は》ぎ取っていく。

「……余計なもんはついてるが、まぁ……じっくり楽しませてもらう」

「や……やだ……やめ……ろ……」

冷たい床の感触で、下半身を裸にされたことがわかる。乱暴に両足が広げられていく。

「い……いやだ……やめろ……っ！」

「ずっと大信田に突っ込んでもらってないんだろう？　ああ、それとももう他の男をくわえ込んでるか。メールひとつで喜んで犯られにくる淫乱だもんな」

〝穣……っ！〟

涙がぼろぼろとこぼれる。冷たい医師の手は冷徹に貴和の身体を開き、受け入れる体勢に撓《たわ》めていく。両手の自由と視界を奪われ、酸欠で半ば意識も失った状態では、すでに抵抗もできない。そして、決定的な一言が貴和の最後の心の砦《とりで》を崩した。

「大信田からのプレゼントだ。ありがたくいただかせてもらうさ」

ふつりと意識が墜ちる。身体を二つに引き裂かれる激痛にも、もう貴和は悲鳴ひとつあげることはなかった。

その光景を見た瞬間、観月の中で何かが弾けた。

「……っ！」

無言のまま、貴和の上に覆い被《かぶ》さる黒い影を蹴り落とす。

「何を……っ」

下半身を露《あら》わにした無様な姿で床に転がった男には目もくれずに、観月は貴和をそっと抱え上げた。

「先生……」

無惨に割り広げられた両足を揃《そろ》えて折り、自分のジャケットをかけてやる。

「先生……大丈夫ですか……」

貴和の意識はほとんどないようだった。きつく目隠しをされ、両手は結束バンドで締め上げられて、色が変わり始めている。観月は唇を固く噛みしめて、くったりとした身体を自分の身体でかばうようにして抱きしめた。

「……おまえ……誰だ。こんなことをして……ただですむと……っ」

「それはこっちのセリフだと思いますが」

よろよろと身支度を調える男に、観月は冷静に言い捨てる。

「この人に今度近づいたら、ただではすませません。僕には失うものは何もありませんから、あなたと刺し違えるくらい、光栄に思うくらいのものです。覚えておいてください」

そして、貴和をそうっと抱き上げる。微《かす》かにしか射し込まない月明かりの下、貴和の顔は深い海の中にいるように青ざめていた。


暗い部屋の片隅で、貴和はなるべく身体を小さく縮めようとしているかのようだった。深く膝《ひざ》を折り、両腕で抱え込んで、そこに顔を埋めている。観月は、その貴和といちばん離れた対角線の位置にある部屋の隅にいた。壁に寄りかかり、片足だけを投げ出して座っている。

貴和は途中の車の中で意識を取り戻したようだった。シートを倒した後部座席にそっと寝かせてきたのだが、ここについた時にはすでに身支度を調えて、自分の足で車から降りてきた。しかし、観月はまだ貴和の声を一言も聞いていなかった。

貴和を暴行しようとしたのは、間違いなく脳セン関係の研究室に所属する医師だった。観月も北西大の研究室に所属したことのある医師だ。脳セン研究棟のセキュリティが厳しいことは知っている。大学時代に交付されたＩＤカードと登録指紋がなければ、観月も建物に入ることすらできなかった。貴和が暴行される寸前に助けることができたのは、ほとんど奇跡に近かったと思っている。たまたま夏休み時期で建物内が静かだったため、物音や声が響き、あの場所を探し当てることができたのだ。

「……僕はいない方がいいですか」

観月は静かな声で言った。

「それなら……そうおっしゃってください。自分の部屋にいますから……何かしてほしいことがあったら……」

立ち上がりかけた時だった。

「……待って……っ」

深く顔を沈めたまま、貴和のかすれた声。

「貴和先生……」

ゆっくりと貴和が顔を上げた。月明かりに浮かび上がる白い小さな顔。

「すまない……でも……っ」

「いいですよ」

観月は穏やかに答えた。

「先生が僕にいてほしいとおっしゃるなら……僕はここにいます」

貴和が微かに頷《うなず》く。

「すまない……」

「謝ることなんかありませんよ。先生は……少しも悪くない」

貴和は小さく首を振った。

「僕が自分で招いたことに、君を……巻き込んでしまった」

「巻き込まれたとは思っていません」

観月の口調は淡々と落ち着いている。

「僕が先生を追いかけて行ったのは、僕の勝手ですから。かえって、僕の方が先生の立場を悪くしてしまったかもしれませんね」

「そんなこと……っ」

観月がゆっくりと立ち上がり、貴和を怯《おび》えさせないように気を遣ってか、壁伝いに歩いて、窓辺に近づいた。

「ああ……綺麗《きれい》ですよ」

静かに振り返る。

「ほら……夜光虫です」

貴和も立ち上がった。海に向いた窓を開けると、優しいリズムで打ち寄せる波が青白く輝いている。

「綺麗……だな」

「星が波に溶け込んでいるみたいですね」

くすりと小さな笑いが貴和の唇から漏れる。

「君はロマンティストだな……」

「笑わないでください」

ふたりの距離が少しずつ少しずつ近づいていく。

「あんなに綺麗なのに、あれも大量発生してしまうと赤潮の原因になるらしいです。なかなか綺麗だけじゃうまくいかないものですね」

打ち寄せる波は人間の鼓動に一番近いリズムなのだと聞いたことがある。

「人も……同じです」

観月の柔らかい声が貴和を抱きしめる。

「綺麗なところだけを見ていければいいけど、そうじゃない。でも、何もかもひっくるめて、その人です。白鳥だって、水の上は優雅だけど、その下ではばたばたもがいている。結局、そんなものだと思います」

夜光虫の光は、目を閉じても瞼《まぶた》の裏で輝いている。

ああ、綺麗だと思った。素直に、本当に素直にそう思った。

「……騙《だま》されたんだよ」

貴和はぽつりと言った。

「……別の人の名前で呼び出された。僕は……その人に会いたかったから……行った」

「ええ」

「でも……その人はいなかった」

「……哀しいですね」

伸ばした指先がしっかりとした腕に触れた。温かな腕。貴和を軽々と抱き上げてくれた腕。貴和を守ってくれた腕。

「うん……哀しかった」

温かな胸。貴和をすっぽり包み込んでしまう広い胸。

「とても……哀しかった」

それは拒絶よりも手ひどい裏切りだった。涙すら出ない。怒りの声さえ上げられない。それほどの……裏切り。

「そうですね」

観月は何一つ否定しなかった。ただ静かに、貴和の零《こぼ》す言葉を受け止める。

「僕は……もう疲れた」

さらさらと髪を撫《な》でる香りは、かぎ慣れた煙草《たばこ》とコーヒーの香りではなく、乾いた潮の香り。清潔で優しい真っ白な香り。

「パンドラ……」

全身を包み込むぬくもりは心地いい。そこに沈み込んで、もう二度と浮かび上がりたくないくらいに。

「……箱の片隅の希望……」

貴和が零したキーワードを観月はすぐにすくい取ってくれた。

「……もう……探すのに疲れてしまったんだ……」

波が高くなっていく。堰《せ》き止めるものはもう何もない。流れ込んでくる。温かな夏の波が流れ込んでくる。

「……」

吐息をそっと受け止めるキスに、貴和は目を閉じたまま応じた。

〝ああ……海だ……〟

子供の頃に、ひとりで浮き袋につかまったまま、沖に出てしまったことがある。ぷかりと顔だけを出して、温かな海に包まれて、その心地よさに眠り込みそうになったのだ。まわりには何もなくて、ただ海だけに包まれて、しかし、怖いとは思わなかった。

〝還るんだ……〟

人は海から生まれ、海に帰るという。そう言ったのは、確か第二外国語で取ったフランス語の教授だった。

『海よ、僕らの使ふ文字では、お前の中に母がゐる。そして母よ、仏蘭西《フランス》人の言葉では、あなたの中に海がある』

三好達治《みよしたつじ》の詩の一節を引いて、彼はにっこりと微笑んだ。フランス語では、綴《つづ》りが違うものの、母を示す単語と海を示す単語が同じ『メイル』と発音されるのだ。

「疲れたなら……眠りましょう」

ふわりとベッドに下ろされて、耳元に囁《ささや》かれる。貴和は小さく頷く。

もう疲れてしまった。もう何も考えたくない。もう……何もかも忘れたい。

「うん……」

彼の素肌はやはり海の香りがして、温かい。華奢《きゃしゃ》な貴和を壊すことを恐れるかのように、彼はまるで真綿のように優しく貴和を抱く。

「……嫌なことはしません」

もどかしいほどゆっくりと貴和の素肌に指先を滑らせながら、観月は囁く。

「先生を……」

「貴和」

貴和はとろりと微笑んだ。

「先生じゃない……貴和だよ」

両手で、彼の頬《ほお》を包む。この指に、手のひらに覚えさせる。優しい微笑みの似合う人の顔を。

そして。

〝もう……忘れよう……〟

鋭い視線と強引なまでの強さを持った人を。

「……っ」

ふっと意識がひとつ墜ちて、自分の肌が柔らかく熱くなるのを、貴和はぼんやりと感じていた。彼は優しい。どこまでも優しく辛抱強く、貴和の身体が柔らかくなるのを待ってくれる。

「いい……よ……」

波の音が聞こえる。この身体の中から。打ち寄せる波は少しずつ高くなって、貴和の中から溢《あふ》れ出す。

「……貴和……っ」

「ん……ん……っ」

海に沈む。灼熱《しゃくねつ》の太陽が沈んでいく。波の音が響く。真夏の波の音が身体の奥から響き出す。

「つらく……ないですか……？」

走り出しそうな身体をもてあますように抑えながら、それでも優しく囁いてくれる人の声。

貴和は少しだけ眉《まゆ》を寄せながらも、大きく首を横に振る。

「大丈夫……だから……」

もう沖から引き戻してくれる強い腕はいらない。いくら求めても、それはもう与えられないものだから。

「あ……っ」

自分でも驚くくらい甘い声が出せたことに、貴和はふわりと微笑む。

「あ……ああ……ん……っ」

「貴和……貴和……」

このまま漂っていこう。どこまでも続く青白い夜光虫の海に身を投げて。

「あ……あ……っ！」

もう、僕は二度と岸へは戻らない。

「貴和……っ」

僕を包む海がここにあるから。

ACT 12

いつの間にか、海の色が淡く変わり始めていた。真っ白に泡立っていた雲が細かくちぎれ、空が高くなった頃だった。

「御影先生、平田先生からバトンタッチお願いしますだそうでぇす」

「はい」

看護師の声に、貴和はカルテから顔を上げて立ち上がった。

「何？　入らないの？」

「いいえ、頭を栄養してまぁす」

「その語尾を伸ばすの、やめなさい」

まだ若い看護師に注意を与えながら、貴和は病室に向かう。待っていたのは、経静脈栄養を行うためのＩＶＨ挿入だった。何らかの理由で食事が経口摂取できず、高カロリーの輸液で栄養を送り込むには、普通の点滴では患者の身体に対する負担が大きすぎるため、鎖骨下の静脈に針を入れ、そこからカテーテルを心臓近くの中心静脈に進めて輸液を行うのだ。鎖骨下静脈は大きくアールを描いて下に落ちるため、うまくカテーテルを操作しないと、アールの小さい頸部の静脈に入ってしまい、輸液が頭部の静脈を栄養してしまうことになる。

「写真、見せて」

ＩＶＨ挿入後には、確認のために胸部のレントゲン写真を撮ることが多い。その写真を確認してみると、カテーテルが頸部に入っていることがわかった。

「止めてある？」

「いいえ。スムーズに入りすぎて、不安になってたみたいですよ。平田先生、ＩＶＨ苦手だから」

若い看護師のつけつけとした返事に、貴和は苦笑する。

「そんなことは言わない。血管の走行で上に行きやすい人は必ずいる」

「でも、御影先生は失敗したこと一度もないでしょう？」

「僕は血管内科医だよ。血管のプロなんだから当たり前」

軽口を叩きながら、病室に入る。

「すみません、お待たせしました」


「ど、どうしたの、これ」

室内に入ると同時に、むせそうなほどの煙に襲われて、貴和は思わず大きな声を出していた。

「ああ、すみません」

ひょいとキッチンから顔を出したのは、観月だ。

「サンマ焼いてたんです。おいしそうだったから」

「換気扇回したら」

「あ、そうですね」

くすくす笑いながら、貴和は換気扇のひもを引く。

相変わらず、貴和と観月のふたりは病院の隣にある住居に住んでいたが、ほとんど互いの部屋を行き来するようにして、一緒の夜を過ごすようになっていた。食事も一緒に取り、何を話すでなくても同じ部屋で肩を触れ合わせるようにして夜を過ごし、同じベッドで眠る。

「明《あきら》」

「ん？　何ですか？」

食事は早く仕事が終わった方が作るか、疲れている時は外食する。そんなルールもいつの間にかできあがっていた。

「ちょっと焦げちゃいました」

テーブルに皿を並べて、ふたりは食事を始めた。

「明は……ここに就職しているんだっけ」

「そうです。常勤派遣一年やって、そのまま。外様《とざま》なんて、ひもなしみたいなもんですからね」

生え抜きの医員の場合、医局入りした後、最低でも五年、長くなると十年ほどは御礼奉公のような形で、派遣派遣の日々に追われ、三十代も半ばになって、ようやく居所が定まる場合が多い。しかし、観月の場合は外様と呼ばれる外部の大学から医局入りした医員であったため、その御礼奉公なしで、すぐに就職となったのだ。はっきり言って、厄介払いである。

「……僕も就職しようかな……」

「え？」

「うん」

貴和はサンマの塩焼きに集中しながら言った。

「僕も……ここに就職しようかと思って」

「貴和先生」

観月が箸《はし》を置いた。

「だめですよ、簡単に決めたら」

「明……」

「貴和先生はいずれ大学に帰らなきゃならない。まだ、ここに落ち着くのは早いです」

「だって、明は……」

「僕は心療内科医です」

観月は落ち着いた口調で穏やかに言う。

「正直、身ひとつでも仕事はできるけど、貴和先生の専門の血管内科は……」

言いかけた時だった。貴和の携帯電話が鳴る。

「ごめん」

すっと身体を斜めにして、電話の受信ボタンを押す。

「はい、御影です」

『よぉ、久しぶり。俺だよ』

「相良《さがら》先生……っ」

懐かしい声だった。思わず貴和の声も弾む。

「どうしたんです？　珍しいですね」

『いや、たまには貴和ちゃんの声で癒《いや》されたいと思ってさ。元気？』

「元気ですよ」

相変わらずテンションが高く、元気な相良の声に、思わず貴和も微笑んでしまう。どうやらバックは飲み会か何からしい。豪快な人柄からは想像しにくいが、相良は下戸《げこ》である。飲み会も雰囲気は好きらしくよく出席しているのだが、何せ下戸なので、すぐに暇をもてあましてしまうらしい。

『全然こっちに顔出さないだろ？　そんなに忙しい？』

「あ、いえ……」

すっと貴和の顔が曇ったのを、観月が少し心配そうに見つめる。

あの強姦《ごうかん》未遂事件から、貴和は一度も大学に近づいていない。トラウマなどという言葉は使いたくないが、あの悪夢のような出来事が起こった建物に足を踏み入れる勇気は今のところ湧《わ》いてきていない。

「特に……用もなかったので。僕が車を運転しないのは、先生もご存じでしょう？」

『あ、そか。そうだったな。そういや、おまえさんの運転手はいつも穣だったっけ』

「……」

つきりと胸が痛む。

〝穣……〟

もう会うこともない人。その肌の熱ささえもう忘れた。きっと声の記憶も……やがて、その顔さえ忘れる日が来る。

『穣といえばさぁ、あいつ、王子さまと全面戦争になりそうな気配よ』

「全面戦争……？」

『そ。来年の人事で、あいつたぶん講師になるよ。つまり、現講師の王子さまと同格。出世争いの筆頭ね』

「……」

『そりゃ、現教授のご子息である王子さまが絶対的に次期教授の椅子は固いところだろうけどさ、毛並み以外の部分じゃ、絶対的に穣が上いってるからな。案外、あいつ如才ないところあるから、教授会のお覚えはめでたいしね。俺より先に教授の椅子に座るかもよ』

からからと相良は笑う。

『貴和ちゃん、たまにはこっちにも遊びに来な。癒し系の貴和ちゃんがいねぇと、どうも血内は殺伐としていけねぇや』

「何……言ってるんですか。今年、血内初の女医さんの江藤《えとう》さんが入って、ご機嫌だったのはどなたでしたっけ」

『あー？　ありゃ、中も外も男よ。生物学的な分類が女ってだけで。あの野郎、俺の蹴りを避けた上に、逆にワゴン蹴り返して来やがったからな。まぁったく』

遊びに来いと繰り返して、賑《にぎ》やかな電話は切れた。貴和はふっとため息をついて、食事に戻ろうとしたが、ふとそのまま、箸を置いてしまった。

「貴和先生……？」

「あ、ああ……ごめん」

心配そうに見つめてくる観月に、貴和はぎこちなく笑った。

「……何か、お腹いっぱいになっちゃった」

「じゃあ、お茶にしましょう」

すいと身軽に、観月が立ち上がる。

「……相良先生、お元気そうですね」

キッチンで、かたかたと音をさせながら、観月の声が聞こえる。

「僕、大学にいた頃、よく相良先生に教えていただいていたんですよ」

「え？ そうなのか？」

「ええ。主にMRなんかの読み方でしたけど、僕みたいな外様に構ってくれるのは相良先生くらいのものでしたから。よくご飯もご馳走《ちそう》してもらいました」

「学食のA定だろう」

さらりと答えた貴和に、観月が吹き出す声がした。

「ええ、貴和先生もですか」

「誰にでもあれなんだね、あの人は」

「でも、いい方です」

「うん、確かに」

戻ってきた観月の手には、いつも食後に飲む中国茶のカップがあった。ことりと置かれたそれに、ふと貴和はつぶやく。

「コーヒー……」

「え？」

観月が眉を上げた。

「貴和先生……？」

「濃い……コーヒーが飲みたいな……」

言ってしまってから、貴和ははっと唇を閉じた。

「あ……」

「……今度から用意しておきましょうね」

観月が優しく言った。

ここには、コーヒーはない。もともと紅茶党の観月の部屋なのだから。コーヒーの香りが漂っていたのは……。

そんなことは百も承知のはずなのに。

「……ごめん……」

「どうして謝るんですか？」

優しく言いながらも、観月は気づいてしまっている。

貴和が、二度と就職のことを言い出さないであろうことに。

静かな時間。ふたりだけの静かな時間。
永遠に続けと観月はそっと祈る。
続くはずもないと誰よりもよく知っていたから。

ACT 13

　それはよく晴れた秋の日の昼過ぎに始まった。

「御影先生っ」

　神経内科の外来ブースに看護師が突然飛び込んできたのだ。処方のみの患者に向けた処方箋《せん》を切っていた貴和は驚いて顔を上げる。

「……どうしたの」

「脳梗塞《こうそく》みたいなんです。すぐ内科に来てくださいっ！」

「え？」

「何か、道端に倒れてたって、患者さんが車で運んで来ちゃったんですっ！」

「落ち着いて。誰がどうしたって言うんだい？」

　救急時に慣れていないらしい看護師は軽いパニックを起こしている。貴和は意識的にゆっくりと言った。

「誰がどうしたの」

「は、はい。うちに……内科に定期的に通ってきている患者さんが、近所に倒れていたっていう人を運んでこられたんです。最初はヘルツ《心臓》かと思って、そのまま内科に運んだんですけど、平田先生が頭じゃないかって……」

「すぐ行く」

貴和は切り終わった処方箋を看護師に押しつけると立ち上がった。一気に廊下を駆け抜ける。

「平田先生っ！」

わざわざ聞かなくとも、どこに患者が運び込まれたのかはすぐにわかった。そのブースだけが、妙にがやがやと騒々しかったからだ。

「ああ、御影先生。よかった」

平田医師がほっとした顔を見せる。貴和は軽く黙礼すると、すぐにストレッチャーに乗せられた患者に向かった。

〝……七十代男性……か〟

「意識レベルは」

「えっと……」

「名前、教えて。患者さんの名前」

ここの看護師たちは救急対応に慣れていない。貴和はすぐに考えを切り替える。

「か、笠井《かさい》さんですっ！」

「笠井さんっ！　わかりますか？　病院ですよっ！」

　貴和の声に、患者は頷く。しっかりと目は開いているが、言葉が出ないようだ。

「誰でもいいから、メモ取って。それから、モニターつけて」

「はいっ」

　患者の胸と腕がまくり上げられて、心電図と血圧のモニターが取り付けられるのを妨げないようにしながら、貴和は患者の観察を始めた。

「発症は」

「えと……農作業に出るために歩いていて、急にぱたっと道端で倒れたんだそうです。それが三十分くらい前だから……」

「発症午後一時前後。ＪＣＳ一桁《けた》。失語あり」

　貴和はすばやく診察を続ける。

「はい、僕の手を握ってみてください。今度は反対の手で……」

　自分の中に眠っていた何かがむくりと頭をもたげるのを感じる。

「足は上がりますか？　今度は反対です……そう……」

　顔を上げる。

「右不全麻痺《まひ》。バイタルは？」

「と、到着時で、百七十の九十。今は……百六十五の八十です。プルス七十」

「……飛んでるね」

平田の声がした。

「ええ」

貴和も頷く。グリーンに走る心電図モニターが時々乱れる。不整脈である。

「CTは？　すぐ撮れる？　造影いらないから」

「はいっ」

看護師が電話に飛びつくのを見ながら、貴和は別の看護師に指示を出す。

「検査さん呼んで、十二誘導の心電図とってもらって」

「はいっ」

貴和の指示で、すべてが動き始めていた。


「失礼します」

CT操作室にそっと入ってきたのは、観月だった。

「貴和先生……？」

貴和は次々に出てくるCTのスライス画像に全神経を集中していた。

「……アポっていないね……」

ふっと息を漏らす。脳出血はないということだ。

「これ、写真大きく焼いてください」

「四分割でいいですか」

「お願いします」

技師と会話を交わして、貴和は振り返った。

「たぶん、心原性の脳梗塞だと思う。早くMRで確定診断をつければ、血栓溶解できると思うから……」

「この近くだと、やっぱり市立ですね」

「救急車で運べば、超早期でいけると思う」

きゅっと固く握りしめた貴和の手が小さく震えていることに、観月は気づく。

「貴和先生……」

〝貴和先生は……もどかしいんだ……〟

ここにMRがあれば。血栓溶解術を行える設備があれば。この患者はすぐにも救えるのに。神の御子はここにいるのだ。手はあるのに……神の右手と賞賛されるその手に武器がない。闘うための武器がない。

「……救急要請しましょう」

貴和は何かを振り切るようにして、電話を取った。

「救急車がいない……っ⁉」

看護師の悲鳴が響いた。

「いないって……そんな……っ」

「どうしたの」

CT室から患者と共に戻ると、内科外来は半ばパニックに陥っていた。

「き、貴和先生っ！　救急車が……出払っていて……っ」

電話を切った看護師がぱっと振り返る。

「市立病院から北西大の循環器センターに向かっているんだそうです。近隣の三台も今転送や出場で出払ってしまっていて、こちらに戻れるのは一時間近く後になるそうです」

「何だって……っ」

最近、問題になっているのが救急車の安易な利用だ。運賃のかからないタクシー代わりに利用する者が多くなり、実際の緊急時に間に合わないという悲劇があちこちで起きているのだという。

貴和は反射的に時計を見た。

「発症から……もうすぐ一時間……」

　脳梗塞の超早期に有効な血栓溶解は、発症から三時間以内がリミットと言われている。貴和の唇がぎりぎりと音を立てそうなほど嚙みしめられる。

〝どうすれば……どうすればいい……っ〟

　この状態の患者を普通の乗用車で運ぶことは危険すぎる上に、緊急車両でない限り、速度や車線を無視するわけにはいかない。

「どうする……」

　うつむく貴和を誰もが固唾《かたず》をのんで見つめている。肩に何かがずしりとのしかかる感覚。

〝どうする……どうすれば……〟

　その時、貴和の中にはっとひらめくものがあった。

「もしかしたら……っ」

　電話に飛びつく。呼び出しを待ちながら、手元のメモに指示を書き飛ばす。

「これっ！　確か薬局に試薬で入っていたはずだから、すぐに生食に混注して、ゆっくりめで落としてっ！」

　そして、電話の向こうが応答した。

『はい、こちら北西大学医学部付属脳血管救命救急センターでございます』

「ドクターヘリ?」

「はい」

今、患者に投与されているのは脳保護薬のエダラボンと十パーセントグリセロールだ。その速度を時計を見て調節しながら、貴和は平田の問いに頷いた。

「去年の春に装備されました。脳センと循センの共同で導入したものです。うまく空いていてくれることを祈りましたが、運良くつかまりました」

ドクターヘリが導入された時、貴和は患者を受ける側として、何度か訓練を受けていた。しかし。

〝まさか、自分が呼ぶ側になるとはね……〟

「ここは前庭が広いので、ヘリを降ろすことができます。広い敷地の病院で助かりました」

「これは?」

見たことのないアンプルに、平田は好奇心満々だ。貴和はくすりと小さく笑う。

「エダラボンです。脳保護薬です。フリーラジカルスカベンジャーの一種で、こうした心原性脳梗塞にはお約束の薬剤です。うちではあまり使うことはないと思っていたんですが、試薬があるというので、一応もらっておいたのが役に立ちました」

「御影先生っ!」

看護師の声と共に、ヘリの爆音が聞こえてきた。貴和は立ち上がった。CT写真と今までの経過を記した紹介状を持って、外に駆けだしていく。

「ヘリを誘導しますので、平田先生、観月先生、患者さんをお願いします」

ヘリが降りてくる。急遽《きゅうきょ》引いたヘリポートのラインにぴたりときれいに降りて、大きな風を巻き起こしていたプロペラが止まった。サイドのドアが開く。

「患者はっ！」

低く響く声。激しい風と砂埃《すなぼこり》がおさまった後にヘリから降り立ったのは、すらりとした長身の医師だった。

「穣……」

脳血管内科に紹介をかけたはずなのに、なぜ、脳神経外科の、しかも常勤派遣に出ているはずの大信田がここにいるのか。

「患者さんはこちらです」

ストレッチャーを押して、病院の建物から出てきたのは観月だった。貴和の背中がひやりとする。ふたりの長身の医師は患者を間にして、真っ直ぐに向かい合う。

「詳しいことは御影先生がすべて把握なさっています。ご指示も御影先生がすべてなさっていますので、間違いないと思います」

「君は？」

さっと患者の様子を見、点滴を確認しながら、大信田は観月を見た。

「失礼しました。心療内科の観月です」

「北西大脳センの大信田です。貴和っ！　行くぞっ！」

大信田の鋭い声に、貴和はびくりと身体をすくませる。

「どうして……穣が……」

「早く患者をヘリに。一秒の猶予もないだろうが」

「う、うん」

貴和はきゅっと唇を噛みしめると、観月に向かって頷いた。

「観月先生……お願いします」

「はい」

観月は貴和をしっかりと見つめると、ヘリの操縦士の手を借りて、患者のストレッチャーをヘリに積み込んで、きっちりと固定する。

「終わったら呼んでください。迎えに行きますから」

貴和の腕を軽く摑んで、観月はすれ違いざまに囁く。その肩に貴和は体温を感じるほどの強い視線を浴びて、一瞬だけきつく目を閉じる。

「貴和」

ctor

深い声はいったい誰のものなのか、貴和にはもうわからない。ただ小さく頷いて、貴和は差し出された大信田の手をとって、ヘリに乗り込む。

「行ってくれ」

さっと手を振った大信田の合図で、ヘリは一気に上昇を始めた。


ヘリの狭い機内で、貴和はひたすら患者を見つめていた。膝の上に置いたCT写真と紹介状を強く抱きしめて、ただ患者だけを見つめる。

「貴和」

すっと白いハンカチが差し出された。

「穣……」

「患者さんの汗、拭《ふ》いてやれ」

「うん……」

いったい何ヶ月ぶりに彼の姿を見るだろう。彼の声を聞くだろう。貴和の胸が震える。

〝早く……着いて……っ〟

狭い機内。彼の香り。かぎ慣れたコーヒーと煙草の香り。忘れたと思っていたのに。忘れようとしていたのに。

〝早く……っ〟

震える手で患者の汗を拭く。ようやく、見慣れた北西大脳センの白亜の偉容が見え始めていた。


発症から一時間半。

「MR、デフュージョンとMRAだけでいい。大至急」

すでに貴和が金属ではない針で点滴を刺していたため、患者は点滴の差し替えもなく、すぐに待ち受けていた脳センスタッフによって、MRI検査に運ばれていった。

「すみません。申し送りをお願いします」

貴和は大切に抱えてきた資料を差し出した。

「あ、はい」

看護師が受け取る。新しいスタッフだろうか。貴和が見たことのない看護師だった。

「えっと……」

「ああ、俺が聞く」

すいと身体を乗り出したのは、大信田だった。

「血内の見原《みはら》先生が診てくれることになってるが、MRに行っちまったしな。御影先生も暇な身体じゃない。話は俺が聞く」

「はい、じゃ、お願いします」

「あ、あの……っ」

貴和の困惑をきれいに無視して、看護師はさっさと自分の仕事に戻っていき、貴和は救急診察室に、大信田とふたりきりで残された。

「……経過はすべて紹介状に書いてあります」

貴和はうつむいたままで言った。まともに顔を上げて、大信田を見ることはできなかった。見てしまったら……視線を合わせてしまったら、きっとすべてが溢れ出してしまう。長い付き合いの恋人同士だったのだ。お互いにすべてを知り尽くしている。それだけに、貴和は彼の前で平静を保つ自信がなかった。

「MRで見ているんで必要ないとは思いますが、CTも大きく焼いてあります。僕の目で見て、early signは認められませんでした。光陽を出た時点でのNIHストロークスケールは十六点。血栓溶解の対象と考えます」

貴和は視線を外したまま、一気に言った。

「発症からの経過時間は」

大信田が低く響く声で言った。この声を聞くだけで震えてしまう肩が情けない。

「……発症午後一時前後ですから、今の時点で一時間半です」

「了解」

大信田は寄りかかっていた壁からすっと身体を起こした。彼の動きには、いつも肉食獣のしなやかさがある。

「すぐに血栓溶解の準備をさせるが、必要なものを言ってくれ」

「え」

貴和ははっと顔を上げた。視線がぴたりとぶつかる。唇が震えてしまう。先に視線をそらしたのは、なぜか大信田の方だった。

「……それは見原先生が……」

「おまえ……御影先生と見原先生の見立ては変わらんだろう。それなら、用意できるものはしておいた方が効率的だ。ＩＶＲ－ＣＴ室の方がいいな？」

「……はい」

貴和はこくりと頷いた。

「それでは……用意するものを言います。だいたいは看護師さんがわかっているとは思いますが」

貴和の視線がすっと上がる。

「６Ｆシース、６Ｆガイディングカテーテル、０．０１４マイクロガイドワイヤ……」

心原性脳梗塞は、その名の通り心臓からの血栓が脳に飛んで起こる梗塞である。心房細動による不整脈の患者に起こりやすく、正確には心原性脳塞栓症《のうそくせん》という。

「デフュージョン……MRI検査の拡散強調画像と言うんですが、これで、左中大脳動脈灌《かん》流域《りゅういき》のシルビウス裂周囲に高信号域が出ています。つまり、この白い部分に梗塞が起こっているということですね」

画像をモニターで示しながら、見原医師が駆けつけた患者の家族にムンテラを行っていた。貴和は後ろに静かに立って、それを聞いている。

「こちらはMRAと言って、MRIを使った血管造影です。これで見ると左中大脳動脈の起始部が詰まっているようです。この……太い血管が血栓で詰まっている状態です」

「父は……どうなるんでしょうか」

この近くに住んでいるという患者の娘が涙ながらに尋ねる。見原医師は丁寧に図を描きながら、説明を続けた。

「お父様はまだ発症から二時間弱しか経っていません。私は血栓溶解術をお薦めします」

「血栓溶解……？　あの……頭を開けたりするんでしょうか……」

「いいえ、血栓溶解は足の付け根を二センチほど切って、そこからカテーテルというごく細い管を頭まで進め、血栓溶解剤を注入することによって、梗塞を引き起こしている血栓を溶かします。麻酔も局所だけですし、開頭の必要はもちろんありません。しかし、当然のことながら、リスクは伴います。カテーテルをブラインド……手探りで進めなければならない部位があるため、今血栓ができている場所以外に梗塞を起こしたり、血管を傷つけて出血を起こす場合がないとは言い切れません」

インフォームドコンセントである。

「しかし、このまま放っておけば、お父様は間違いなく重篤な後遺症に苦しむことになると思います。私としましては、血栓溶解術をお受けになることをお薦めします」

「……わかりました」

ハンカチを握りしめて、娘は頷いた。

「よろしくお願いいたします……っ」

ＩＶＲ－ＣＴ室は、血管造影とＣＴ撮影をひとつの部屋で行うことのできる検査室である。

「……これは……意外に苦戦するかもしれませんねぇ」

つぶやいたのは、モニター操作している診療放射線技師だった。

「血栓ががっつりきてますからね……」

モニター画面上には、サブトラクション処理されて黒く造影されている血管が見える。

「閉塞部位を通過できないか……」

大信田が両腕を組んだままつぶやく。

「ガイドワイヤが細くないですか？　あれ、14でしょ。16の方がトルクがいいから……」

「いや、パーフォレーションの可能性を考えると14だろう。見原の腕じゃ、16は危ない。あいつ、気が短いからがつがつやりかねない」

「あー、まぁ、そうですねぇ……」

一歩引いたところで、貴和は強く両手を握りしめていた。

患者を渡したところで、光陽の平田には連絡を入れていた。すぐに帰らなければならないようなら、タクシーで戻るつもりだったのだが、ゆっくりしてきていいという許可をもらったのだ。大信田の傍《そば》にいるのはつらかったが、久しぶりの再会を喜び、ぜひにと言って、席まで作ってくれた技師の気遣いが嬉《うれ》しかったのだ。

〝……違う……血管壁にもっと添わせて……下から入れなきゃ入らない。血栓が上に張り付く形になっているんだ。血管下部には若干のスペースがあるのに……っ〟

もどかしい。どうして、彼には見えないのだろう。自分にはこんなにはっきりと見えているのに。

〝そんなにねじったら……トルクが伝わらない。14のワイヤはもっと真っ直ぐに使わないと……っ〟

「おーい、何のんびりやってんだぁ」

いきなりの脳天気な声に、操作室にいた全員が振り返った。

「遅いっすよぉ、相良先生」

技師が口を尖《とが》らせる。

「早いとこ、見原先生救出してくださいよ。頭の中で迷子になってますから」

ベテラン技師はつけつけと言ってのける。

「見原ちゃんだって、俺の部下よ。ちゃんとお仕事はできる子……あらら、ちとまずいか、これは」

のほほんと言いかけた相良だったが、ちらりと広げられていたカルテを見、時計を見て、顔をしかめた。

「発症二時間超えたか。うーん……そろそろ第一次開通はしなきゃまずいねぇ」

術衣に長白衣を羽織っていた相良が白衣を脱ぎかけ、ふと視線を巡らせた。にっとその唇の端が吊《つ》り上がる。

「いるじゃねぇのよ、神の御子が」

「え……」

はっと貴和は顔を上げた。

「さ、相良先生……っ」

「はい、立って立って。貴和ちゃん、何ぼさっとしてんの」

伸びてきた相良の手に、ぐいと腕を引かれて、貴和は前のめりになった。

「わ……っ」

「おーい、見原ぁ。おまえ、神の御子差し置いて何やってんのよ」

北西大脳センでは、術者はヘッドセットをつけている。だからこそ、こんな傍若無人な発言も許されるのだ。

「ほら、とっとと譲った譲った。孝子《たかこ》ちゃんや、貴和ちゃんのガウンと手袋、用意して。サイズは覚えてるよね」

「先生っ！」

貴和は悲鳴に近い声を上げた。

「僕はここの医者ではありませんっ！」

「なぁに言ってんの」

ゆっくりと振り返り、相良は妙に凄みのある笑みを浮かべた。

「おまえさんの所属は、今もここよ。そんで、俺はおまえさんの上司。いい子ちゃんだから、言うこと聞きな」

そして、再び検査室内のヘッドセットに向かって怒鳴る。

「見原、神の御子の神業《かみわざ》、その目でじっくり見届けろよ」

〝また……ここでカテーテルを手にする日が来るなんて〟

貴和は慣れた仕草で帽子とマスクをつけ、ガウンと手袋を身につけた。ちらりと視線を走らせ、シースはそのまま使えると判断する。

「ガイドワイヤ、新しいの出してください。14で」

背筋を伸ばすと貴和は声を通らせる。そして、すっと軽く、入ったままのワイヤを引いて、抜き取った。

「先生、ワイヤ出ました」

「ありがとう」

プラスチックのチューブからワイヤを抜き出し、貴和は透視を見ながら、凄《すさ》まじい速度でワイヤを進めていく。すでに今まで見た画像で情報は十分だった。手元など見ない。指先の感触にだけ神経を研ぎ澄ませながら、一気にワイヤを送り込む。

「……」

微かな抵抗。血栓が詰まっている閉塞部だ。貴和の指先に何かが宿る。頭の中に浮かぶ具体的なイメージ。目を閉じても、ワイヤが血管のどこを通っているかはわかる。微かに人差し指でワイヤをひねりながら、血管内のスペースへとねじりこんでいく。

「通った……」

　隣に突っ立ったままの見原医師の呆然《ぼうぜん》とした声。

「何で……あんなに簡単に……」

「カテーテルをください」

　マスク越しの貴和の目が鋭く輝き始めていた。介助についてくれている看護師が緊張を高めていくのがわかる。これこそが神の御子と呼ばれる貴和の神髄だった。彼がカテーテルを受け取ると、それ自体がまるで生命を持ったかのようにするすると患者の身体の中に吸い込まれていくようだ。

「……越えましたね」

　ぽつりと言い、貴和は看護師に手を差し出す。

「造影剤をください」

「は、はいっ！」

　貴和が検査室に入ってから、まだ五分と経っていない。恐ろしいまでの腕の切れ味に、周囲はしんと静まりかえる。

「トランスデューサーを用意してください」

　造影剤の入ったシリンジを軽く一押しし、閉塞部位を越えたことを確認すると、貴和は流れるように次の作業に移る。

「バックプレッシャーを取ったら、t－PA五十万単位から流します。準備をお願いします」

脳センの屋上は風が強い。建物の配置の関係なのか、ここで風が巻くのだ。おかげで、ここに上がってくる者は少ない。場所さえ選べば、あまり風の当たらないところもあるのだが。

「やっぱり……人はいないな」

貴和はそっとドアを開けながら、ふっと笑った。

ドクターヘリで運んで来た患者の処置はすでに終わっていた。血栓溶解剤であるt－PAを都合二回百万単位を投与して、血栓はほぼ溶解され、患者はほとんど失っていた言葉をぎこちないながらも取り戻し、重篤だった麻痺もかなり改善されていた。あとは脳保護薬とグリセロールを投与して、さらなる梗塞を防ぎ、リハビリで失った言葉や動きを取り戻していくことになるが、それはすでに貴和の仕事の範疇《はんちゅう》ではない。貴和はこの脳センに所属はしていても、常勤ではないからだ。

「終わった……」

久しぶりの脳血管内科医としての仕事だった。現場を離れて数ヶ月、緊張したのは、ガウンをつけた時だけだった。カテーテルを手にすれば、もう身体は勝手に動いていた。

「もう……これで……」

風を避けて、ゆっくりとフェンスに向かって歩き出した時だった。

「あ……」

建物の陰になり、風が弱まる場所に先客がいた。

広い背中。すっきりと伸びた背筋。そして、すうっと立ち上る煙草の煙。

〝穣……〟

広い広い屋上。しかし、風の強さが災いして、誰もいない。それを知っていた自分たちは、よくここでふたりだけの時間を持った。忙しい仕事の合間を縫って、ここで肩を並べ、時に唇を交わした。

なぜ、気づかなかったのだろう。

自分が長い長い習慣のままにここに上がってくるなら、大信田もまたそうであることに。

〝穣……っ〟

貴和は一歩踏み出そうとして、その足を止める。

〝もう……終わったんだ……〟

その背中に手を触れることはできない。あれほど近かった背中が、今はひどく遠い。ふたりの間には、どうにも埋められない深い溝が刻まれていた。長い習慣に導かれて、まるで運命に引きずられるようにして出会っても……ふたりの間には、深く暗い裏切りという名の川が流れている。

彼は裏切った。貴和をもっとも手ひどく、もっとも卑劣な形で。信じたくない事実がここに横たわっている。

「貴和」

ふいによく響く声で呼ばれて、貴和はびくりと肩を揺らせた。彼は貴和の姿がそこにあることを知っている。しかし、振り向かないその背中。

「相変わらず、いい腕してやがるな」

何か返したい。言葉を返したい。言いたいことはたくさんあるのに、どうして言葉は出ない。溢れ出さない。涙が溢れてしまう前に。

「貴和、そのままでいろよ」

〝そのまま？　どうやって？　僕を……僕を壊したのは……穢なのに……っ〟

脳センに来ても、貴和はどうしても研究棟に入ることができなかった。あの建物を見ただけで、身体が震えるのを抑えることができなくて、病院に帰るために呼んだ車が来るまで、ここで待つことにしたのだ。

「俺が言うことではないかもしれないが……俺はおまえに変わってほしくない……」

〝ああ……〟

貴和の胸の中に絶望という名の闇が降りてくる。

彼は振り向かないのではない。彼は振り向けないのだ。

〝そうか……そうだな……〟

遠くなっていく。何もかもを知っていると思っていた恋人の後ろ姿が。

彼は、もう貴和とは違う世界に生きているのだ。魑魅魍魎《ちみもうりょう》が跋扈《ばっこ》すると言われる権力の世界に身を投じて、恋人すら売り渡して。

〝もう……わからない……〟

どうして、こんなことになってしまったんだろう。一生、隣にいられると思っていたのに。ずっとずっと一緒にいられると思っていたのに。

〝穣……一言だけ……一言だけでいい……っ〟

それでも、聞かせてほしい。君が歩こうとしている道に、もう僕はいらないのか。もう、肩を並べることはできないのか。

「……ゆた……」

「貴和先生」

伸ばしかけた指先が震えた。しっとりと柔らかく包み込む声は背後から聞こえた。

「ごめんなさい、遅くなってしまって」

「明……」

痛みが走る。視線の矢に貫かれる。いっそ、いっそこのままここで倒れることができたら、どれほど楽だろう。

大信田が振り向いていた。煙草をくわえた男っぽい表情のままで。そして、彼は見たはずだ。その視線から逃れるように顔を背けた貴和とその肩を優しく抱く長身の青年医師の姿を。

「どうしたんですか。そんなに驚いた顔をして」

光陽に電話をしたのは、一時間半ほど前のことだ。電話に出たのは平田医師で、その時、貴和はこれから血栓溶解が始まるのだと告げた。片道二時間はかかる道のり。あの時点で、すでに観月は病院を出ていたことになる。呆然と見上げる貴和に、彼は笑って見せた。

「時間を逆算して、迎えに来ました。貴和先生、タクシーだと酔うことあるでしょう?」

「そう……だけど。でも、すれ違ったら……っ」

「別に。そのまま帰るだけです。また、向こうで一緒なんだし」

観月にしては珍しい、少し強く押しつけるような口調だった。

「院長に許可も取ってきましたから、今日はこのまま部屋に戻って……」

「貴和」

そして、低く響く声が呼ぶ。

「これ」

「え……っ」

飛んできたのは、まだ封も切られていないメンソールの煙草だった。観月が眉を上げる。

「一本だけ買うわけにはいかないからな。持っていけ」

「……」

大きな仕事をした後、一本だけ吸うメンソールの煙草。

「貴和先生……？」

観月ですら知らない貴和のたったひとつの秘密。

「……帰りましょう」

観月の温かな手がそっと、しかし強く貴和の背中を押す。

引き裂かれてしまう。心が引き裂かれてしまう。

〝どうして……こんなことをする……っ〟

彼の犯した信じがたい裏切りとこの優しさとに引き裂かれて、貴和の唇は震える。

〝泣きわめいて……叫んだら……どうして裏切ったりしたんだって叫んだら……戻ることができるんだろうか……〟

しかし、大人の男としてのプライドはそれを許さない。泣き叫んで、彼の胸を叩くには、貴和は大人になりすぎ、また、身につけた強い理性がそれを拒む。

きっと、もう戻ることはできないのだ。今この瞬間、道ははっきりと別れたのだから。

「うん……」

貴和は静かに頷いた。

「帰ろう……明」

さようなら。懐かしい広い背中とコーヒーと煙草の香りの人。
さようなら。生まれてはじめて愛して……生まれてはじめて裏切った人。
もう、その胸に抱かれることもない。
きっと……もう二度と。

ACT 14

「おいっ！　穣《ゆたか》はいるかっ！」

静かな土曜日の脳神経外科研究室。その静寂をぶち破って乱入してきたのは、私服姿の相良《さがら》だった。

「てめぇ、逃げ隠れするんじゃねぇぞっ！　ここにいるのはわかってんだからなっ！」

「別に逃げませんよ」

自分の机に座り、論文の文献あたりをしていた大信田《おおしだ》はひょいと手を上げた。

「どうしたんです？　相良さん。お隣の助教授が乱入とは。うちの松永《まつなが》教授が目むきますよ」

「いいから来いっ！」

口も悪いし、手が出るのも早い相良だが、彼が目を吊《つ》り上がらせることは珍しい。テンションは常に高いが、彼が本気で怒ることはほとんどないというのが、この脳センの常識だった。

しかし、今日の彼は違う。軽口が通用する状態ではないようだ。大信田はおとなしくホールドアップした。

「来いっ！」

引きずられていった先は、この脳センのすぐ隣にある相良の自宅だった。

相良の自宅は一戸建ての日本家屋である。すでに両親を亡くし、また忙しさにかまけて結婚もしていない彼は、このかなり大きな家にひとりで住んでいるのだ。

「……大学でできる話じゃなさそうですね」

「素面《しらふ》でできる話でもねぇ」

でんと一升瓶《びん》を座卓に置いて、相良は言った。

「これは俺のためじゃねぇ、おまえのためだ」

当たり前である。相良は有名な下戸《げこ》だ。大信田はおとなしく、一升瓶からコップに日本酒を注ぐとぐいと一気に飲み干した。さすがに昼酒は利くというものだ。

「……貴和《キワ》ちゃんが辞表を出した」

「え……っ」

思わず声を上げてしまう。目を見開いた大信田の前に、ぱさりと封筒が投げ出された。そこには、貴和《たかかず》の懐かしい文字で『辞表』ときれいに書かれている。

「……光陽《こうよう》に就職するそうだ」

貴和が『神の御子《みこ》』と呼ばれる素晴らしい腕を見せてくれたのは、ほんの一週間ほど前のことだ。脳セン内でも、貴和を呼び戻すべきだという声が高くなり、来年の春には派遣を上がって、復帰することが決まったばかりだったのに。

「どうして……っ。貴和は……復帰のことを……っ」

「知ってるよ。ちゃんと知らせておいたからな。その上での……こいつだ」

相良はとんとんと指先で封筒を叩《たた》く。

「穣、おまえたち、いったいどうしたんだ？　いったい何があったんだ？　俺はな、おまえたちは永遠の一対だと思っていたんだよ。愛とか恋とか、そんなめんどくせぇことはしらねぇが、おまえたちは最高の組み合わせなんだよ。個性がまるっきり反対を向いているのに、おまえたちはお互いを完璧《かんぺき》に理解し合ってた。そうだな……まるで、おまえたちはジグソーパズルのピースだよ。あちこちでこぼこしてやがるのに、組み合わせてみるとぴったり嚙《か》み合う。俺はそう思っていた」

「……相良さん……」

「手を先に離したのはてめぇだな、穣」

相良がぴしりと指を指す。

「俺の耳を侮りやがって。てめぇが貴和ちゃんの島流しを黙認したのを、俺が知らねぇと思ってたのか？　ウチの沢渡《さわたり》さんがぐちぐち言ってやがったよ。王子さまに余計なことしたのは、御影《みかげ》だけでなく、脳外の大信田も一緒なのに、野郎、てめぇの身可愛《かわい》さに、全部ウチの御影になすりつけたってな」

「……」

「言い訳なんざ聞かねぇぞっ！　俺はな、てめぇをそんな卑怯者《ひきょうもの》に育てた覚えはねぇっ！」

相良が怒鳴り散らす。

「穣、何で……貴和ちゃんの手を離した。いや……貴和ちゃんを突き飛ばすような真似《まね》をしたんだ。おまえのやったことはそういうことなんだぞ。あ！　わかってんのかっ！」

「そんなこと……っ」

言いかけて、大信田はふと言葉を飲み込む。

〝俺は……貴和を突き離した……〟

貴和のため。それが貴和のためなのだと、自分に言い訳しながら。

だが、その結果はどうだ。

〝俺は……俺は貴和を第一線に戻すために……っ〟

ほとぼりが冷めるまで貴和を大学から離し、機を見て、彼を呼び戻す算段をつけるつもりだった。そのために、今日まで黙々と松永親子の下に着き、仕事をこなしてきたのだ。

〝あの……心原性脳梗塞《こうそく》の症例で……救われたと思ったのに……っ〟

光陽からドクターヘリの要請があったと聞いたのは、本当に偶然だった。まさに神の啓示そのものだと思った。だから、何もかもをかなぐり捨てて、ヘリに乗り、貴和を迎えに行った。

〝摑《つか》んだと……貴和の手をもう一度摑んだと……っ〟

しかし、貴和は大信田の示した道を拒み、まったく逆の方向へと走り出した。大信田が神の啓示と信じたあの出来事は、逆にふたりの間を永遠に隔てるためのものだったのか。

〝俺は……間違っていたのか……。貴和は俺を許してくれるはずだと……。わかってくれるはずだと……〟

「貴和ちゃんは、光陽に自分から就職したいと願い出たそうだ。向こうは願ったりかなったりさ、何せ、心療内科以外は退職寸前、もしくは退職済みのじじい医者ばっかりだからな。貴和ちゃんみたいな、顔、腕、物腰と三拍子揃《そろ》った医者が来てくれりゃ、万々歳さ。ここでＯＫ出したら、絶対に向こうは貴和ちゃんを離さないだろうな」

「離さないって……」

「あったりまえだろうが。いいか、穣。辞表ってのはな、大学をやめるってことなんだ。ひもを切って、きれいな身体になるってことだ。つまり、貴和ちゃんは永久にここには戻ってこないと……そういうことだ」

酒の飲めない相良は、さっきからやたらにお茶を飲んでいる。

「おまえな、赤い糸とか信じてるんじゃねぇだろうな」

「え……」

　二杯目の酒をあおりながら、大信田は視線を落とす。

「確かに、おまえと貴和ちゃんは特別さ。何せ、ほとんど生まれた時からの付き合いで、今までずうっと机まで並べてきたっていう、奇跡的な御神酒《おみき》どっくりだからな。おまえ、自分と貴和ちゃんは絶対に離れることはないっていう、変な自信持ってねぇか？」

　まさに図星だった。言い返すこともできず、大信田は黙って酒をあおる。

「赤い糸……自分たちの間には特別な絆《きずな》があって、もしも離れるようなことがあっても、いつかまた絶対にめぐり逢《あ》って結ばれる……そんなおとぎ話信じてるんじゃねぇだろうな。この馬鹿たれがっ！」

　お茶をぶっかけられた。

「赤い糸なんざ信じていいのはなっ！　十代の乙女だけだっ！　このたぁこっ！」

　壮絶な罵倒《ばとう》である。

「いや、しかし貴和は……っ」

「貴和ちゃんはな、てめぇが思っているほど強かねぇぞ。確かに、貴和ちゃんは知的だよ。思考力があって、判断力、決断力もある。しかしなぁ、天才ってのは、俺も含めてだが、デリケートで不安定なもんなんだ。何かのあんばいでちょっとバランスが崩れただけで、ぐずぐずに崩れていくんだ。覚えとけっ！」

「いや、先生は別だと思いますが……」

「うるせぇっ！　天才に逆らうなっ！」

お茶ならまだいいが、酒をぶっかけられてはかなわない。大信田は慌てて、一升瓶を避難させる。

〝貴和が……光陽に就職する……〟

あそこには、自分と同じ目をした男がいた。貴和の名を優しく呼び、その肩を抱き、愛《いと》しくて仕方がないと言いたげな瞳で見つめる男。貴和が甘い口調で『明《あきら》』と呼んだ男。

「……先生、貴和の辞表は……」

胸がちりちりと焦げる。嫉妬《しっと》の針がちくちくと肌を刺す。子供っぽい独占欲と思いながらも、走り出す心は止められない。

貴和は俺のものだ。俺がずっと大切にしてきた……最高の宝物だ。

「この通り、俺のところで止めてある」

相良は憮然《ぶぜん》として答えた。

「だが、リミットは一週間だ。それ以上は俺の権限では無理だ。その前でも光陽から、雇い入れの調査が入ったらばれるからな。動くなら、さっさとしろ」

「……はい」

この人生の師は、恐ろしく暴力的だが、その言動はいつも正鵠《せいこく》を射ていて、耳や心が痛いことばかりだ。まぁ、だからこそ、天上天下唯我独尊《ゆいがどくそん》の自分が師と仰ぎ続けているのだが。

大信田はひょこっとひとつ頭を下げると携帯を出して、タクシーを呼んだ。さすがにコップ酒の後で車を運転する勇気はない。警察に捕まる程度で済めばいいが、事故でも起こしたら、目も当てられない。

「……これから夜まで、俺、行方不明になりますから」

「夜まででいいのか？」

この師はすべてお見通しのようだ。大信田は深々と頭を下げる。

「……場合によっては、朝までです」

「よし」

相良が顎《あご》をしゃくる。

「空手で帰って来やがったら、脳センから叩き出すぞ」

「はい」

タクシーの着く音が聞こえた。小さく鳴るクラクション。大信田はぱたぱたとポケットを叩き、ウォレットを引っ張り出した。タクシーで二時間の距離は、はっきり言って相当の金額になる。

「……先生、タクシー券ありますか？」

「馬鹿たれっ！」

怒鳴り声と共に、それでも財布を投げてくれる恩師に、大信田は深く頭を下げてから、玄関を飛び出した。

再び訪れた光陽病院は、海を望む高台に建つこぢんまりとしたきれいな病院だった。あのヘリで舞い降りた時には気づかなかったが、ここからの展望はさぞかし美しく、貴和の傷ついた心を癒《いや》してくれたことだろう。

「少々お待ちください」

貴和への取り次ぎを頼むと、医事課の職員はすぐに電話を取って、どこかに連絡してくれた。

病院の規模としては、病床数百床前後といったところだろう。第一線でばりばりやっている病院というよりも、急性期医療を行う病院と老人保健施設や特別養護老人ホームの間に位置している慢性期医療を中心とした病院なのだろう。院内に漂う雰囲気も、どこかおっとりとしている。

「お待たせいたしました」

柔らかい声に、大信田は顔を上げた。はっと、その表情が強《こわ》ばる。

「君……は……」

「先日は失礼いたしました。北西《ほくせい》大脳センの大信田先生……ですね」

そこに立っていたのは、大信田が求めた人の姿ではなかった。しかし、初めて見る顔でもない。

「君は……心療内科の……」

「観月《みづき》明と言います」

すらりとした長身の青年医師だ。おそらく、自分や貴和よりも年下だろうと大信田は踏む。しかし、その落ち着いた物腰や物怖じしない毅然《きぜん》とした態度には好感が持てた。おそらく、優秀な医師なのだろう。

「忙しいところ、申し訳ない。話がうまく伝わらなかったようだな。俺が呼び出してもらったのは……」

「御影先生は、昨日から病院学会で出張なさっています」

「え……」

意外な答えだった。

貴和は一介の脳血管内科医である。院長クラスが集まる病院学会に関係があるとは思えない。

「院長のお供なんです」

観月が苦笑混じりに言った。

「御影先生がこちらに就職するとおっしゃったので、もう院長や内科の平田《ひらた》先生は、小躍りせんばかりですよ。早速、先生を病院学会にお連れになりました。まぁ……次期院長の帝王学伝授ってところでしょう」

そして、観月は大信田を真っ直ぐに見つめて言った。

「先生がおいでになったのは、御影先生……貴和先生がなぜここに就職する気になったか……それを問いただすためでしょう」

「君は……っ」

思わず座っていたソファから腰を浮かせかけた大信田に、観月は言った。

「短い話ではありません。こちらへどうぞ」


観月が大信田を招いたのは、内鍵《うちかぎ》の下りる特殊な構造をした心療内科の診察室だった。

「別にここまでの設備はいらないんですが……まぁ、安心料というか、これで、あなたの秘密はしっかり守られていますよという、デモンストレーションです。もちろん、万が一のために、ちゃんと外からも開くようになっています」

観月は穏やかに言い、大信田に椅子《いす》を勧めた。この患者用の椅子も、普通の診察室にあるような丸椅子ではなく、きちんと背もたれも肘《ひじ》おきもついたもので、座り心地もいい。

「……貴和は本当に出張しているのか」

大信田は低い声で言った。観月は静かに頷《うなず》く。

「本当です。こんなことで嘘を言っても仕方がありません。昨日から静岡《しずおか》の方に行っています。帰るのは明日の午後になります」

「それなら、明日また来る。失礼」

「お待ちください」

立ち上がろうとした大信田に、ぴしりと鋭い観月の声が響く。

「明日いらしても同じです。貴和先生は……あなたにお会いすることはないと思います。いえ、万が一会うと言っても……僕が会わせません」

大信田の動きがぴたりと止まった。火を噴きそうなほど鋭い目で、大信田は観月を見る。

「どういう……ことだ」

「それは先生ご自身がいちばんよくご存じかと思います」

観月の声は相変わらず落ち着いていた。彼は強い意志を込めた瞳で、大信田を見つめ返していた。

「貴和先生は先生のことを一言も口にしたことはありません。でも、あなたに初めて会った時、僕にはすぐにわかりました。貴和先生を……優しい貴和先生をぼろぼろになるまで傷つけたのは、間違いなくあなただと」

観月はすっと視線を外した。すらりと長い指がデスクの上に投げ出されていたペンをもてあそび始める。

「ここに来た時の……彼の状態をあなたはご存じですか?」

「貴和の……状態……?」

貴和は突然、ここに投げ出された。その背中にボストンバッグをぶつけたのは、まさに自分自身だ。

「……笑うこともなく、ただ抜け殻のようになったあの人を」

「抜け殻……」

観月はゆっくりと言葉を続ける。

「ここに来た頃、あの人に笑顔は全くなかった。笑おうとしても笑えない。それでも、診察の時には無理にでも笑顔を作らなければならない。そのストレスで、彼は全身の震えが止まらなくなったり、時に言葉が出なくなったり……突然、涙を流したり……」

信じられなかった。あの穏やかな……常に冷静で知的な貴和が。思わず、大信田は叫ぶ。

「何なんだ、それは……っ!」

「心のコントロールが利かない状態です」

観月は再び大信田を見た。理知的な強い視線だ。

「貴和先生は、心のコントロールを失っている状態だった。自分でもどうすることもできない。あまりに強すぎるストレスにさらされて、彼は自分を見失っている状態だったんです。僕は……心療内科の医者として、あの人を放っておくことはできなかった。あの人には……支える

人間が必要だった。支えてあげなければ、ぽっきりと折れてしまいそうだった」

「馬鹿……な……」

大信田の知っている貴和は、いつも微笑《ほほえ》んでいた。どんなに難しい局面にぶつかっても、穏やかな冷静さを失わない、有能な青年医師だった。そしてまた、彼はその華奢《きゃしゃ》で女性的とも言える端麗な容姿に似合わない強さを持っていた。その強さが故に、島流しという憂き目に遭うほど。

「あの人の心に刺さった棘《とげ》はひどく大きくて、鋭かった。深く深く突き刺さっているそれを、ひとつずつ抜き取って……ようやく、少しずつ笑顔を取り戻しかけた頃に、あの人は……貴和先生は北西大の研究棟に呼び出されて……理不尽な乱暴を受けました」

大信田のまったく知らない残酷な事実が明らかにされていく。

「乱暴……って……」

「脳外科の研究室に誘い出されて、ひどい辱《はずかし》めを受けた。わかりますか？　あなたの所属する……今もあなたのデスクがあるはずの研究室で、彼は……」

大信田の呼吸が止まった。言葉を選んではいるが、観月の言わんとしていることは、すぐに理解できた。

〝いったい……いったい、誰が貴和を……っ〟

「貴和先生は、誰に襲われたのか、一切口にしません。ただ……騙《だま》されたと。会いたい人の名で誘い出されたとただ、それだけしか言ってくれません」

〝俺の……俺の名前……で……貴和が……っ〟

「あの事件によって、彼の心の傷がいっそう深くなったことだけは間違いない。僕は心療内科の医者として、貴和先生を追いつめた一連の出来事は、すべて繋《つな》がっていると確信しています。そして、その責任の一端があなたにあることも」

観月はことりとペンを置いた。

「貴和先生を……愛しています」

「……っ」

静かで深い声だった。

「二度と……彼に笑顔を失ってほしくない。ようやく……ぎこちなく笑えるようになった優しい貴和先生を……僕は一生かけて、守りたいと思っています」

大信田に言葉はなかった。

すべては遅すぎたのか。

大信田が信じてきた絆の正体はいったい何だったのだろう。

〝俺は……貴和に甘えていた……。貴和なら……待っていてくれる……何があっても、変わらずに俺を愛していてくれる……そう……信じ切って……。彼のつらさなんか……考えもしなかった……っ〟

貴和の慟哭《どうこく》を、絶望を、大信田は想像すらしなかった。

貴和なら大丈夫だ。自分たちは神に愛され、神の手で結びつけられている。そんな根拠のない驕《おご》りが、貴和を壊した。

〝俺の名で呼び出されて……貴和はいったいどんな気持ちで脳センに行ったんだ……〟

そして、そこに待っていた地獄のような行為。貴和の絶望が胸に深く突き刺さる。

〝俺が……ひとりで苦しんでいるつもりになっている時に……貴和はもっと……もっと苦しんでいた……〟

「お帰りください」

観月はきっと唇を噛みしめて、ドアを指さす。

「もうこれ以上、貴和先生を苦しめないでください。十分すぎるほど、彼はあなたに傷つけられてきました。もう……貴和先生を解放してください」

大信田は静かに立ち上がった。

「……あなたの……手から」

「……」

肩を震わせなかったのが、最後のプライドだ。

いったいどれくらいぶりに涙など流すだろう。

まるで睨《にら》みつけるような強い視線を送り続ける観月に背を向けて、大信田はその場を後にしていた。

「よぉ……」

からりと引き戸を開けると、師の声がした。

「ずいぶん早いご帰還じゃねぇか……」

相良は縁側に座っていた。粋な着流し姿である。

「先生……」

大信田は師の傍《そば》にきちんと座った。

「……」

「遅かったか……」

何かを予感していたのだろう。相良は静かな声で言った。

「……半年は長すぎたな……」

「……俺たちが……いったい何をしたっていうんですか……っ」

大信田の唇が震えた。相良は無言だ。

「医は仁術だと……患者を第一に考えろと……俺はそう先生に教えられて、医者になりました。俺は……精一杯やってきたつもりです。ただ……ただ、患者に求められる医者になる……貴和と一緒に……患者に求められる医者になりたい……そう思っていただけなのに……っ！」

「甘ったれんな」

さらりと相良が言った。

「と言いてぇところだが……まぁ、傷口に塩を塗ったくるようなことはやめとこうか」

そして、転がったままになっていた一升瓶をひょいと持ち上げる。

「策士策に溺《おぼ》れる……ってとこか。てめぇみてぇな世間知らずが、一丁前のツラして、医者としては三流以下だが、人を陥れることにかけては百戦錬磨の王子さまに勝負を挑んだってのが、そもそもの間違いだ。貴和ちゃんは……その犠牲になった」

ごぼりと酒を注ぐ。

「赤い糸……か」

茶碗《ちゃわん》酒を愛弟子が涙と共にあおるのを見ながら、相良はごろりと横になった。

「俺も……信じてみてぇがな……」


貴和が光陽病院に戻ってきたのは、予定通り、大信田が訪ねてきた翌日の昼過ぎだった。

「え？　僕に客……ですか？」

「うん。ほら、この前ドクターヘリで来てくれた男前の脳外科の医者だよ。何て言ったっけ……」

のほほんとした平田の言葉に、貴和はぼんやりと答えた。

「大信田です……」

「そうそう。その大信田先生。代わりに、観月先生が話をしていたみたいだから、聞いてみたら？」

「あ、そう……ですね」

貴和はおみやげのお菓子を会議室のテーブルに置くと、自分の医局に戻った。

「穣が……」

深いため息をつく。おそらく、相良に提出した辞表のことを聞いたのだろう。無意識のうちに電話の受話器に手を伸ばして、そして、その手を下ろす。

「こういうの……もしかして、運命っていうのか」

貴和がここに来てすでに半年。出張など一度もしたことがなく、それどころか、遠出をすることもなかった。それなのに、まるでその外出を狙《ねら》ったかのように、大信田は訪ねてきたのだという。

「きっと……もう会わない方がいいっていうことなんだな……」

これは神の示唆《しさ》なのかもしれない。ふたりの道は大きく別れたのだという、神の言葉なのかもしれない。そっと手を握りしめて、貴和は深く息を吐く。その口元に哀しい笑み。

「涙も……もう出なくなったな……」

その日から、再び貴和の瞳から笑みが消えた。

〝あなたの心の中には……いったい誰が住んでいる……？〟

「院長と一緒だとグリーン車に乗せてもらえるんだよ」

口元だけで微笑み、まるでロボットのようにインプットされている優しげな言葉だけが、彼の唇から零《こぼ》れ出す。

「それで、静岡はやっぱりうなぎがおいしくて……」

〝あの人が来たことは知っているんでしょう……？〟

観月は腕の中にいる貴和の存在をひどく遠いものに感じていた。こんなに近くにいるのに、触れ合う素肌は柔らかく温かいのに、貴和の心はひどく遠いところにいる。

「今度、一緒に行けるといいな」

「うん……」

〝どうして……僕に何も言わない……？〟

「貴和先生」

「何だ？」

睫《まつげ》が触れるような距離で見つめ合っても、その空っぽな瞳の中には何もない。

「何か、僕に……」

言いかけて、観月は言葉を止めた。

〝何を聞きたいんだ？　僕は〟

「……明日も早いから、もう寝ましょう」

温かな素肌を抱きしめて、観月は目を閉じる。

温かくて冷たい。温かいのに冷たいその身体。

そっと指先で誘いをかけても、優しい年上の人はその指を摑み止め、いい子だからもうお休みと言わんばかりに、そっと腕ごと抱きしめて、眠りに落ちていく。

優しい人。哀しいほどに優しい人。

あなたの心は、今どこをさまよっている。

「相良先生」

相良が研究室に現れるのは遅い。まず出勤すると病棟を回り、オペ室を巡視し、その後にのそのそといかにも嫌そうに研究室に現れるのが常なのである。

「はい、何でしょ」

教授室のドアを開け、顔を出した沢渡教授に、相良は声だけは調子よく答えた。

「話がある。来たまえ」

「はいはい」

のそのそと教授の後について部屋に入ると、いきなり目の前に投げ出されたのは、メールをプリントアウトしたものだった。

「こんなものが光陽病院から届いてね」

ちらりと視線を走らせて、相良は思わずちっと舌を鳴らしていた。

〝意外に早かったな……〟

それは、光陽から北西大学医学部脳血管内科研究室に宛《あ》てた、御影貴和医師に関する雇い入れのための調査書だった。

「このメールによると……御影先生は光陽に対して、就職の意思を持っているようだが」

「はぁ……そうらしいですねぇ……」

「御影先生は辞表を出しているようじゃないか」

「はぁ……」

相良はこりこりとこめかみのあたりを掻《か》く。

「そのようですねぇ……」

「……相良くん」

〝おや、先生が外れたぞ……〟

沢渡教授は感情の読みやすいタイプだ。

〝そろそろ……限界かな〟

「いいかげんにしたまえ。君には人事権はない。君宛《あて》に辞表を送る御影くんも御影くんだが、それを隠匿《いんとく》する君もどうかしているぞ……っ」

「いやぁ……」

相良はひっかけていた白衣のポケットから、少し皺《しわ》になった封筒を取り出す。

「忙しいもんで。すっかり……」

その手から、苛立《いらだ》ったように沢渡が封筒を取り上げる。

「御影くんの辞表は、今月末付けで受理する。そのように手続きするよう、秘書に伝えておきたまえ……っ」

ACT 15

　ちらちらと何かの影が窓に映る。

「ああ……」

　脳センの外来を終え、自分の研究室に戻った大信田は、微《かす》かな風に舞う名残《なごり》の桜吹雪に気づいた。

「もう……そんな季節か……」

　今年の春は早かった。雪すら降らない暖冬から迎えた春は、三月にしてすでに桜吹雪という何とも情緒のない狂い気味の春だった。

　大信田は鍵をかけておいたデスクからノートパソコンを取り出すと、自分の携帯電話を繋ぎ、メールチェックを始めた。

「ハッキング？」

今年に入ってすぐの頃だった。

「ああ。だから、しばらくの間、大学のサーバが止まってただろ？」

突然研究室に訪ねてきたのは、高校時代の友人だった。彼は今、北西大工学部電子工学科の助教授である。

「うちもセキュリティ甘いからな。素人にあっさりハッキングされちまった」

そう言いながら、彼はいきなり大信田のパソコンに手を伸ばした。

「お、おい……っ」

「おいおい、セキュリティキーも設定してないのかよ」

「セキュリティって……おいっ！」

「おまえさ、このパソ、重いと思ったことないか？」

彼は大信田の制止をきれいに無視して、大信田を椅子ごと押しのけると、ぱたぱたとキーを叩く。

「一個ソフト落とすぞ」

「おい、勝手に……っ！」

彼はさっさと何かのソフトをダウンロードし始めた。ソフトの容量は大きいものではなかったらしく、すぐに彼はそれを走らせ始めた。

「はぁん……やっぱりやられてんな……」

「やられてる?」

　彼はくるりと振り返った。

「おまえのパソ、見事にハッキングされてる。メール……全部やられてんな」

「やられてるって……」

「だから、全部盗まれてる」

「何……だと……っ」

　大信田の顔が見る見るうちに青ざめていく。

「俺のメールが……」

「ああ」

　友人はあっさりと頷いた。

「えっと……ちょうど一年前くらいからだな。おまえ宛に来たメールは、すべてあるアドレスに転送されてから、おまえが受信するように設定されている。それから……おまえが出したメールも、そのアドレスに転送されてから、送信されるようにな」

「そんな……そんな馬鹿な……っ」

「ああ、今はもう大丈夫だ。今週の頭に、うちのサーバにちょっとしたプログラムを仕込んで、ハッカー……てか、この場合は犯罪に等しいからクラッカーだな……そいつは突き止めておいた。ほれ……そこの御仁《ごじん》だ」

ひょいと友人の指が示したのは、大信田の斜め向かいの席だった。

「小早川《こばやかわ》……っ」

それは、大信田がつい先週まで一緒に、大成会《たいせいかい》に勤務していた同僚だった。

「まさか……っ」

「それから、こいつが……」

友人の指がまるで魔法のように素早く動いて、プログラムを開いた。

「ほれ、ここだ。この……アドレスにおまえのメールはすべて転送されていた」

そのアドレスは大学から割り当てられているものだった。名前が入っているので、すぐに誰のものかわかる。

「s-matunaga……松永秀司《しゅうじ》……」

「メール盗まれたのは、実はおまえひとりじゃない。ここの助教授、講師、助手。他に医学部の教授、助教授連全員……とまぁ、派手にやらかしてくれたよ……」

もう友人の声は耳に入っていなかった。

〝俺のメールが……松永にすべて読まれていた……〟

ふっと、もつれていた糸が一本に解けた。

光陽に行った後、貴和は何者かによって、ここに呼び出され、陵辱《りょうじょく》されたのだという。貴和と大信田は生まれた時からの付き合いだ。電話で呼び出されたのなら、貴和は騙されたりしなかっただろう。第一、あの頃のふたりは、すでに電話などしあえるような状況ではなかった。

〝貴和は……偽のメールで呼び出されたんだ……〟

そして、それができた人間はたったひとりだ。

「あ、おい……っ！」

大信田はものも言わずに、研究室を飛び出していた。


「こぉのたぁこっ！」

「いてぇっ！」

思いきり縁側から蹴《け》り落とされて、大信田は相良家の庭に見事に転がった。

「先生っ！」

「てめぇの親父もいいかげん馬鹿だったが、てめぇはその上行く大馬鹿もんだっ！」

しかし、相良はにやにやしている。本気で怒っているわけではないのだ。

「謹慎は」

「一週間です」

「よくもそれですんだもんだ。まぁ……事を荒立てたくないのは、むしろあっちだろうからな」

そして、いつものように一升瓶を引っ張り出してくる。

「……王子さま、病院送りだって？」

「大したことはありません。鼻骨骨折で全治一ヶ月ですが、入院もしていませんから」

湯飲みで日本酒をあおりながら、大信田は肩をすくめた。

「まぁでも……あの顔じゃ、たっぷり十日は人前に出たくないでしょうが」

そりゃ傑作だと、相良は大喜びだ。

「本当なら、小早川くんもろとも手が後ろに回っても文句は言えないところだからな。鼻がひん曲がるくらいですんで、めっけもんだ」

「……ええ」

結局、松永と小早川が引き起こしたハッキング事件は、うやむやのままに決着した。小早川は隣県に長期出張となり、事実上追放。松永は謎の怪我《けが》で、一ヶ月の休職となった。その怪我の原因を作ったのが、この大信田であることを知っているのは、ほんの一握りの上層部のみだ。

「で……？」

二杯目を注いでやりながら、相良が尋ねた。

「……どうする？」

「どうするって……」

「たとえ、犯罪の片棒を担いだにしても、王子さまは王子さまだ。その花の顔を傷物にしたとあっちゃ……おまえもここじゃ……終わったようなもんだぞ」

「わかってますよ」

大信田は二杯目をあおった。

「わかって……います」

あの事件以来、大信田は自分のパソコンを大学のネット接続から切り離した。大学のLAN接続よりもずいぶんとスピードは落ちてしまうが、メールチェック程度なら、よほど馬鹿げて大きな添付がついていない限り、さほどの不自由はない。のんびりと落ちてくるメールを見ていた大信田は、その内の三通の発信元に釘付《くぎづ》けになった。

「来た……」

それはアメリカとカナダ、ドイツの大学を発信元とする長いメールだった。

ACT 16

「貴和先生」

ナースステーションの片隅で頬杖《ほおづえ》をつき、春色に霞《かす》む静かな海を眺めていた貴和は、ぽんぽんと背中を叩かれて振り返った。

「郵便物です」

「ああ、ありがとう」

総務課の職員に渡されたのは、学会誌などを含めたかなり大量の郵便物だった。すぐ開けた方がいいものとそうでないものとに、ざっと郵便物を分けていく。

「……？」

最後に残ったのは、薄い封筒だった。北西大脳センのレターヘッドが入った封筒だ。

「何だろう。これは……」

貴和は、去年の秋に北西大を退職していた。相良に送った辞表は、わずか三日ほどで受理の連絡が届き、貴和はこの光陽病院に就職したのだ。そんな貴和である。すでに北西大とは無関係のはずなのだが。

「誰……」

裏を返し、差出人を確認して、貴和は一瞬自分の息が止まるのを感じた。

そこにあったのは、すでに懐かしくなってしまった人の名前だった。

『御影貴和様

前略、おまえがこの北西大脳センからいなくなって、すでに半年が経とうとしている。もうそんなに経ったと考えればいいのか、まだそのくらいしか経っていないのかと考えればいいのかはわからないが、何かひとつの灯《ひ》が消えたような感じがしてならない。特に、この春から、おまえをここに迎えるはずだったことを思うと、何かが間違っている、何かが狂っているという怒りを感じずにはいられない。おまえを必要としているこの場所に、なぜおまえがいないのか、俺はずっと考え続けている。

おまえは俺の父親のことを覚えているだろうか。おそらく、姿形は覚えていないだろう。息子である俺ですら、ろくに父の顔など知らないのだから。彼は北西大きっての脳外科医と呼ばれ、史上最年少の教授になるのではないかと言われながらも、その協調性のなさとあまりに進みすぎた考え方が故に大学内で孤立し、結局野に下り、今はアメリカとヨーロッパを駆け回りながら、どこでも天才の名を恣《ほしいまま》に、活躍を続けている。ドクター大信田といえば、日本よりも向こうの方での通りがいいほどだ。

　俺は父の生き方にずっと怒りと疑問を感じ続けてきた。家族を顧みず、自分を育て、才能を見いだしてくれた日本医学界に背を向けた彼の生き方をどうしても理解できずに、ここまできた。しかし、俺もまた父の血をひいていたらしい。俺は北西大脳センの中にありながらも、その進む方向に疑問を感じ始めている。北西大脳センは、一握りの権力者に振り回され、牛耳《ぎゅうじ》られる古い体質から結局抜け出すことはできないようだ。それは、おまえも感じたことと思う。神の御子と呼ばれたおまえを大切にするどころか、その才能に嫉妬し、おまえのすべてを踏みにじることしかできない、それが今の北西大脳センの姿だ。

　この春、俺は講師への昇格を断った。これが何を意味するのか、おまえにならわかるだろう。俺は北西大を去るつもりだ。結局、ここにあるのは患者主体の医療ではなく、医者が自分の名を上げ、権力と利権を貪《むさぼ》るための手段としての医療だ。孤軍奮闘する相良さんには申し訳ないと思うが、俺はここに身を置くことに耐えられなくなっている。

　おまえが大学を去った後、俺はふと自分の存在意義がわからなくなった。俺はなぜここにいるのだろう。おまえのいないここにしがみついているのだろう。医師としても、個人としても最高のパートナーであった貴和、おまえを失って、なおかつ、俺はなぜここにいなければならないのだろう』

貴和の大きな目に涙が浮かぶ。はたりと一粒手元に落ちた雫《しずく》に驚いて、彼は慌てて立ち上がった。手紙を手にしたまま、ナースステーションを飛び出して、海を臨む屋上へと駆け上がる。

『おまえと共同で研究してきたアテローム血栓性脳梗塞の治療に関しての論文に、ボストンとトロント、ベルリンの大学が興味を示してくれている。特に、ボストンからは研究員として招《しょう》聘《へい》したいとのメールをもらった。

貴和、勝手を承知で言う。一緒に行ってくれないか。おまえをどれほど深く傷つけてしまったかは、観月くんに言われるまでもなく、この俺がいちばんよくわかっている。それについては言い訳をするつもりもない。俺はおまえに甘えていたのだと思う。おまえなら待っていてくれる。おまえなら許してくれる。俺はおまえを守っているつもりで、おまえに守られていたのだということに、ようやく気がついた。神の御子と呼ばれるおまえの深い愛情と優しさに守られていたのは、俺の方だった』

長い手紙は、ところどころインクがにじんでいた。彼のペンが止まった跡だ。迷い、考えながら、彼はこの手紙を書いたのだろう。

『ボストン行きの航空券を同封する。出発は一ヶ月ほど後になる。時間は足りないと思うが、考えてほしい。俺は二度とおまえを失いたくない。二度とおまえを傷つけたくない。今度こそ、おまえを守りたいと思う。

貴和、ボストンにも桜は咲くようだ。舞い落ちる花吹雪の中のおまえをもう一度抱きしめたいと言ったら、それは俺のわがままだろうか』

「穣……」

大信田の癖の強い文字を幾度も読み返して、貴和はそっとその手紙を抱きしめた。

「穣……っ」

その名前を口にするだけで、どうしてこんなに胸が痛くなるのだろう。二度と会うまいと、二度とその名を口にするまいと思っていたのに。

「これが……最後……なのか……?」

細い細い赤い糸。遠く離れてしまったふたりの心をぎりぎりで繋ぎ止めていた細い糸。ふっりふつりと切れて、きっとこれが最後の一本だ。

目を閉じると、潮の香りの風が頬を撫《な》でる。清潔で爽《さわ》やかなその風に包まれて、貴和は細く細く息を吐き出す。

静かに穏やかに、ここで暮らす。潮風の似合う優しい青年医師の愛情に包まれて、ただ穏やかに波に漂うように。

それとも、花散らしの風のような、時に嵐《あらし》を巻き起こすような人と共に、再び向かい風に向かって歩き出す。

「僕……は……」

御影貴和はどこにいるのだろう。どこにいれば、いちばん御影貴和として、真っ直ぐに顔を上げて生きていけるのだろう。

「僕は……」

ふと、白衣のポケットで医療用ＰＨＳのバイブレーションが働いているのに気づいた。

「はい……御影です」

『外線です。大成会脳神経外科病院の井澄《いずみ》先生からです。お繋ぎしてよろしいですか』

「え……っ」

再び、何かが大きなうねりと共に動き始めていた。

「はい……」

海の上を走る白いうさぎのような波頭を見つめて、貴和は無意識のうちにすっと背を伸ばしていた。

「お待たせしました、御影です」

その瞳に強い光がふっと宿った。

ACT 17

「ったく……俺はもういなくなる人間なんだぞ……」

大信田はぶつぶつと文句を言いながら、マンションのエレベーターに乗り込んだ。

大信田の留学はすでに決定していた。できることなら大学を辞めて行きたかったのだが、このまま松永親子に脳外を牛耳られてはたまらないという一派に泣きつかれて、籍だけは残していくことになってしまった。しかし、向こうに行ったらこっちのものだ。じわじわと滞在を延ばして、とっとと縁を切ってしまうつもりだ。しかし、そんなことを今から言っていたら、飛行機に乗れないよう監禁されてしまいそうな勢いなので、おとなしく残務整理をこなす日々である。

「そんなに俺にばっかり頼って……」

「相変わらず大きな独り言だな」

「……っ」

無造作に玄関のドアを引き開けて、大信田はそこでぴたりと固まってしまった。

ちゃりっと合鍵を鳴らし、静かに佇《たたず》んでいたのは、大信田が傷つけてしまった大切な宝石だった。

「悪いな、不法侵入だ」

「……」


「まだ……」

「え?」

部屋の中に漂うのは、濃いコーヒーの香り。大信田自慢のエスプレッソマシンがせっせと濃厚なコーヒーを製造しているのだ。

「まだ、鍵持っててくれたんだな。前に来た時、キーホルダーから外してたから……捨てられたと思ってた」

「……捨てていてほしかったか?」

勝手知ったる気安さでカップを二つ用意しながら、貴和は穏やかに言葉を返した。

「海にでも捨ててやろうかとも思ってたんだけどね……捨てられなかった」

「貴和……」

コーヒーは久しぶりのふたり分。大信田の分はそのままで、自分の分はたっぷりの砂糖とスチームミルクを浮かせる。貴和は二つのカップを持って、キッチンを出た。光陽にいる時は、ひどく濃くて苦いコーヒーが飲みたくてたまらなかったのに、なぜか今は、以前と同じように甘く優しい味のコーヒーが飲みたい。

「……キーホルダーから外していたのは、日常的に使わないものになったから、なくさないようにだよ」

カップを置き、大信田はソファに、貴和はその足元のラグに座った。それがふたりのいつもの定位置だ。

「……返事、なかなかできなかった」

先に言ったのは貴和だった。

「いろいろ……考えた」

「ああ……」

大信田の出発は一週間後に迫っていた。この部屋も長期に空けることになるので、かなりのものを処分したため、少し寂しいくらいに空っぽになっている。

「……まず、これ」

ラテを一口飲んでから、貴和はポケットに手を入れ、一つの封筒を取りだした。

「貴和……」

その大きさと厚みで、大信田には中身がすぐにわかった。

「やっぱり……だめなのか……？」

「うん、これはもらえない」

穏やかに、しかしきっぱりと貴和は言った。大信田は封筒を受け取った。中に入っていたのは、やはり大信田が送った航空券だった。

「貴和……」

「穣、僕はね、連れていってもらいたいんじゃないんだよ」

一度テーブルに置いたカップを再び両手で包んで、貴和は静かな口調で言った。

「穣……僕はずっと……みんなに大切にしてもらってきたよね」

温かく頬を温める湯気をそっと吹きながら、貴和はつぶやくように言う。

「両親にも友達にも……ずっとずっと大切に守られて、それが当たり前だと思っていた」

「それは……っ」

「穣にも守られているだけで……でも、僕はそれを当たり前だと思ってきた」

「貴和」

大信田はゆっくりと手を伸ばすと、テーブルの上に投げ出されていた煙草《たばこ》のパッケージを手にとった。とんっとパッケージの角を打ち付けて、一本を取りだしてくわえる。

「俺にとっては、おまえを守ることが当たり前だった。お互いにそれが当たり前……」

「違うよ、穣」

貴和は静かに首を振る。

「それは……違う」

ふたりの間に沈黙の時が流れる。静かにたゆたう煙草の煙。コーヒーの香り。それはふたりの肌に馴染《なじ》んだ静かで穏やかな時間だった。

「僕は……人に愛されること、大切にされることが当たり前だと思っていた。そう……幸せであることが当たり前だと思っていたんだ。でも、それは違うんだよ」

「違う……？」

「そう。それは対等な大人の関係じゃないんだ。僕は子供だったんだ。人に守られ、大切にされるだけで満足する……子供だ」

貴和は穏やかな表情で、大信田を見つめていた。

「貴和、それは……」

大信田は少し苦しそうに唇を歪《ゆが》めて、貴和を見つめ返す。

「それは……おまえのせいじゃない。それは俺の……せいだ」

煙草をそっと灰皿に落とし、その指で貴和の柔らかい髪を優しく撫でた。

「俺は……おまえを守ることがおまえを愛すること、おまえを大切にすることだと思っていた。それが……つまらない自己満足だと気づきもしないでな……」

貴和は黙って、ラテをすすり、ゆっくりと髪を撫でる大信田の指先を感じていた。それは愛情に満ちた甘い仕草だった。

「貴和、何も聞かないんだな……」

「え……」

「俺が……なぜ、おまえを裏切り、追いつめたのか」

大信田は苦しげに言った。

「俺は……おまえを……突き放した」

「……そうだね」

貴和は静かに目を閉じる。

「わけが……わからなかった。初めての……ことだったから」

「……松永教授に脅された」

大信田はぽつりと言った。

「例の……大成会の件を口外したら……おまえも俺も大学にはいられなくなると……な」

「そんな……っ」

「俺はいい。俺は松永と同じ脳外科だ。責任を取るのは当然だ。しかし……おまえは違う。何の関係もないおまえを……神の御子と呼ばれたおまえを……大学から追うことはできなかった」

大信田は優しく貴和の髪を撫でる。

「あの……患者の顚末《てんまつ》を知ったら、おまえはきっと松永を告発するだろう。自分の不明を恥じながら、あの件を告発するだろう。それだけは……それだけは避けなければならないと思った」

「穣……」

「間違っている。こんなことは間違っている。それはわかっている。しかし……それがおまえを守る唯一の方法だと……俺は思ってしまった」

それは不思議なアンビバレンツだった。貴和を守るために、貴和を傷つける。そして、その刃は大信田をも傷つけた。

「一年……たぶん、そのくらいで、脳センはおまえを呼び戻す。俺はそう思っていた。その間だけ……その間だけ、おまえを……」

貴和は細い息を吐いた。

「そう……だったんだ」

確かに、大信田の正義感は健在だった。ただ、その方向性が貴和のそれと異なっていただけだ。

「だが、その間に……おまえに……あんなことが起こるなんて……っ」

大信田は貴和の髪を引き寄せる。唇を埋め、愛おしげに頰を寄せる。

「松永に……メールを盗まれていた。俺はそれに……気づかなかった」

「……利用されたのは、僕の気持ちだよ」

貴和は穏やかに答える。

「あのメールで僕が釣り出されなくても、いずれ……何らかの形で、松永先生は僕に復讐《ふくしゅう》するつもりだっただろうね……哀しいことだけど」

愛しあっているから、簡単に壊されてしまう。固い絆ほど、驚くほどに脆《もろ》い。それも切ないアンビバレンツ。

「だが……これだけは誓える。俺は……一度として、おまえを……おまえを……っ」

そっと力を込めて、恋人を抱き寄せ、抱きしめる。

「おまえを心で裏切ったことはない」

「うん……」

貴和は静かに頷いた。

「そうだね……。穣が……ヘリから降りてきてくれた時にわかったよ」

脳センにおける大信田の多忙ぶりは、貴和もよく知っている。たくさんの患者を抱えている上に、彼は大成会に常勤派遣されている。その彼が緊急呼び出しのドクターヘリに同乗することは、ほとんど不可能に近い奇跡だった。それを彼はやってのけたのだ。脳センにいたことは偶然だったかもしれないが、そこから先は彼の凄《すさ》まじいまでの執念の賜《たまもの》だろう。

貴和のために。すべては恋人のために。

「……穣、だから、僕は一緒にボストンへは行かない」

カップを置き、貴和は顔を上げて、大信田の頬へと指を伸ばした。

「僕は……自分の力で、穣に追いつく。穣を追いかける」

「貴和……」

「待っていてほしい。何年かかるかわからないけど、僕は……必ず、穣の隣に行く」


久しぶりに合わせる素肌は、驚くほどに熱かった。

「……痩《や》せたな」

どこも離れるところがないように、ぴたりと抱き合って、大信田が低くつぶやいた。

「抱き心地が悪くなったかな」

くすくすと貴和は笑っている。

「嫌になりそう？」

「何言ってやがる」

大信田も笑った。

「久しぶりだからな。手加減なんかできねぇぞ、きっと」

「されたことあったかな」

大信田と抱き合う時、いつも貴和は、自分がまるで破裂するように壊れるのを感じていた。彼に愛される時、貴和の中にいつもある理性とかモラルとかいうものは、すべてどこかに追いやられてしまう。ただ、彼に抱かれ、彼を抱き、どうしてひとつに溶けて、離れることができないようになれないのか、もどかしい思いでひたすらに彼を求めた。

大信田の大きな手が、貴和の滑らかな背中を撫で上げ撫で下ろし、やがて、細く締まった腰からなだらかに続く二つの丸みをきゅっと摑んだ。

「あ……っ」

思わずのけぞる喉《のど》に、彼の熱い唇が触れ、痛いほどにきつく吸い上げてくる。

「あ……あ……っ！」

無意識のうちに彼の髪を抱きしめて、貴和は微かな声を上げた。身体の奥がふつふつと熱くなっていくのがわかる。胸の微かな痛みから始まるその熱は、やがてゆっくりと貴和の身体の内を灼《や》きながら、下へと降りて、深いところにある豊かな泉から甘い蜜《みつ》を零《こぼ》させる。

「ん……っ」

唇が重なる。ためらうこともなく、貴和は彼の唇を舌先で舐《な》め、そして、その中へと柔らかい舌を滑り込ませていく。

「ん……く……」

探し求めていたものを探り当てて、ふたりはさらにきつく抱きしめ合う。幾度も角度を変え、舌先からやがてすべてを絡ませて、頭の中がすうっと白くなるようなむき出しの快楽を分け合う。触れ合うだけのキスで満足できるような子供には許されない、大人の恋人同士のすべてを貪り尽くす深いキス。相手の何もかもを奪い、何もかもを与える。唇と舌先で交わす会話は、言葉よりもある意味雄弁に『欲しい』という気持ちを伝えてくれる。

「急ぎすぎ……か」

首筋から胸元へとキスの位置を変えていきながら、大信田が低く囁《ささや》いた。

「急がないと……消えるかもしれないよ……」

貴和がふっと笑う。

「消えるかもしれないから……もっと抱きしめてよ……」

「冗談にならねぇぞ……」

大信田の手が性急に貴和の膝《ひざ》の内側を撫で上げる。

「煽《あお》ったのは……おまえだからな……」

「……そうだよ……」

大信田の髪に指を潜り込ませ、首筋を抱き寄せて、貴和は彼の耳元に囁く。

「穣が……欲しいんだよ……」

一瞬、大きく目を見開く大信田。

「……驚いたな……」

そして、すでにいくつかの薄赤い花びらの浮いた喉元から胸元へと、吐息を滑らせながら、ふうっと微笑む。

「ずっと……おまえから、その言葉を聞きたかったんだ……」

「う……ん……っ」

紅《あか》い綺麗《きれい》な蕾《つぼみ》のような乳首を強く吸われて、貴和はびくりとのけぞる。

「早く……そう言ってくれれば……いいのに……あ……っ！」

普段、清潔な雰囲気を漂わせている貴和が、素肌を淡い色に染めて、かすれた声を零すのは、ぞくぞくするほど扇情的だ。大信田の唇の端がくうっと吊り上がる。微かにのぞく白い犬歯がしなやかな肉食獣を思わせる。

「貴和……」

大信田の囁きも熱を帯びている。

「貴和……っ」

「あ……っ！」

柔らかく熱い貴和が大信田を包み込み、ぐうっと身の内に飲み込んでいく。貴和の微かな声。大信田の深い吐息。室内の空気がとろりとなまめかしく澱《よど》む。

「穣……穣……っ」

貴和の身体が何かをねだる動きで揺らめく。大信田の背中の筋肉がぐうっと強くたわむ。

「あ……ああ……ん……っ！　ん……ん……ん……っ」

「貴和……貴和……っ」

すべてが溶けていく。とろとろと溶けていく。ふたりの間を隔てていたたくさんのものが、むせかえるような熱の中に霞んで、溶け落ちていく。

「もう……絶対に……離さない……」

この身体が離れる朝になっても、この心が離れることは二度とない。

「う……ん……」

薄赤く潤んだ瞳で、貴和は恋人の瞳にまなざしのキスを送る。

もう……離れない。

闇《やみ》の明ける朝の気配が少しずつ少しずつ近づく窓辺に、恋人たちのとろけるような吐息がふわりと落ちた。

ACT 18

一年を過ごした海辺の小さな部屋を、貴和はゆっくりと見回していた。

「……あっという間に片づいてしまいましたね」

そっと肩に置かれた手に振り返ると、そこにあったのは、年下の心療内科医の珍しくも年相応とも言えるやや不機嫌な顔だった。彼はきっと唇を強く結び、まるで泣き出すのを我慢しているような表情で、貴和を一途に見つめていた。

「貴和先生……」

「すまない、明」

光陽病院に赴任して一年。貴和は昨日付で、ここを退職した。

「結局、僕ひとりでみんなを振り回してしまったね」

貴和は、明日から大成会脳神経外科病院に脳血管内科医として就職することになっていた。

貴和が大学から離れ、光陽病院にいることを知った井澄院長が声をかけてきたのだ。

『神の御子の腕を眠らせてはいけません。どうか、私にその腕を預けてください』

「そんなことないです。貴和先生はここにいちゃいけない人だから。いつかは……行ってしまうと思っていました」

言葉は理性的だが、観月の瞳は正直だ。彼は真っ直ぐに、少し責めるような視線で貴和を見ていた。そして、一瞬の間を置いて、口ごもる。

「ただ……少し……早かったけど……」

それでも、優しく肩を抱こうとする観月の手を、貴和はそっと押し戻した。

「ごめん……」

「貴和先生……っ」

そして、突然抱きしめられた。身体がしなるほど、きつく。

「貴和先生……やっぱり、長い時間を共有しなければだめなんですか……」

「時間じゃない」

抱きしめられたまま、貴和はゆっくりと首を振る。

「明、僕は君に助けられた。君がいなかったら……きっと僕は二度と立ち上がれなくなっていた。本当に……感謝しているんだよ」

「僕が欲しいのは、そんな言葉じゃない……っ」

観月の声が震える。

「貴和先生……っ」

「僕は君に寄りかかることしかできなかった。寄りかかることで始まったから……きっとこれからも、僕は君に寄りかかってしまう。それは……対等な関係じゃない」

貴和は落ち着いた口調で言った。それはまるで子供に言い聞かせるような優しい声。

「それでも……それでも、僕はかまわない。貴和先生が……貴和さんがいてくれるなら……っ」

彼に会って、初めて聞く冷静さを失った声が答える。それは大切なものを奪い取られてしまう青年の切ない叫びだった。

「僕は……僕はそれだけで……っ！」

「明」

貴和は静かに首を振った。

「僕は……そうして、一生君を利用し続けるのかい？」

「貴和さん……」

辛抱強く、貴和は言葉を紡ぐ。

「つらいことを全部君に背負わせて、君に逃げ込んでしまう。それはね……恋なんかじゃ……」

「恋です……っ」

観月は再び悲痛に叫ぶ。

「僕は貴和さんを……っ」

「違う」

貴和は穏やかに、しかし、きっぱりと言った。

「違うよ。僕たちは……どこまでも、セラピストとクライアントの関係のままなんだよ……」

すうっと観月の腕がゆるんだ。ぱたりと力なく落ちる。

「僕は……あなたに恋をしてはもらえないんですか……？」

青年医師の声はひどく哀しげだった。

「どうあっても……あなたは僕に恋を……」

貴和は柔らかく微笑みながら、静かに首を横に振る。

「……ありがとう……明」

「僕が欲しいのは……そんな……言葉じゃ……っ」

貴和は小さく頷いた。

「……ごめんね……」

貴和は彼に背を向け、彼は小さな背中をただ一途に見つめる。吹き抜ける潮の香りの風。

寄りかかり続けることは確かに心地いい。しかし、それは愛でも恋でもなく、ただの依存だ。慰めてもらい、傷をなめてもらう。それは貴和の求めているものではない。貴和の求める『隣を歩く』距離感ではないのだ。

「僕は……君にずいぶんとひどいことをしてしまったね……」

貴和は静かな声で言った。そして、ゆっくりと振り返る。

「殴りたかったら……殴ってくれていい」

観月は今にも泣きだしそうな顔をしていた。そこには、常に冷静で穏やかな医師の顔はない。そこにあるのは、失いゆく恋にうちひしがれる純粋な青年の姿だった。

彼の手が貴和に向かって差し出される。貴和は目を閉じる。きゅっと唇を噛む。彼の手が頬に触れる。そして、次の瞬間。

「……っ」

唇にそっと触れたのは、優しいキスだった。そして、最後の深い抱擁《ほうよう》。ひとつに溶けることができたらと望むような、強く……哀しい。

「……明……」

「……さようなら……貴和先生」

観月の頬にすうっとひとすじだけ涙が伝う。

「もっと……早くあなたに会いたかった」

両手で貴和を押し戻し、彼は唇を震わせて、それでも笑みらしいものを作る。

「明……」

最後に見た彼の顔は、初めて会った時の、まるで海のように深く優しい瞳の青年医師の顔だった。彼は囁く。細い細い絆を断ち切るように。

「彼よりも……彼よりも、少しだけ先に」

ACT 19

『貴和へ
元気か。

ボストンに来て一ヶ月。ようやく落ち着いた。思った以上に物価が高くて、正直戸惑っている。なかなか住むところも決まらなかったが、俺より半年早く留学してきた同僚とルームシェアすることになった。彼は韓国人医師で、非常に優秀だ。学ぶべきところがたくさんある。

貴和の方はどうだ？　大成会は今どうなっている？　井澄先生にあまりこき使われないようにな。

穣』

『穣へ
もう知ってるかもしれないけど、一応報告。北西大脳外科の教授選は大方の予想を裏切って、外部公募の大畑《おおはた》先生が勝ったよ。松永先生はプレゼンで大幅に時間オーバーして、そこでアウトになったとの噂《うわさ》。決選投票は大畑先生と助教授の満井《みつい》先生との間で争われて、三票差と聞いています。結局、こんなものかもしれないね。

貴和』

『貴和へ

ちょっとした休みが取れたので、留学生仲間でニューヨークまで遊びに行ってきた。この辺がおもしろいところなんだが、俺は正直あまり感銘は受けなかった。ボストンの方が街が綺麗だし、人も綺麗だ。だが、一緒に行ったアジア系の留学生たちは皆目をきらきらさせて、いずれここに住むようになりたいと言う。見解の相違だな。

穣』

『穣へ

今年はずいぶんと寒い冬になっているよ。こっちも雪が降って、今日は病院前の雪除けにかり出されたよ。まぁ、僕なんて、ほとんど役に立たないけど。この冬は転倒事故も相次いで、うちの病院だけで、五件の硬膜外血腫《けっしゅ》を扱っている。そっちの冬はより厳しいみたいだね。身体に気をつけて。

貴和』

時は流れる。ひとつひとつ季節を越えて、時は止まることなく流れる。

「で、何で、ここにいるんですか」

貴和はあきれ顔で、昔の上司の顔を眺めていた。

「相良先生」

「ご挨拶《あいさつ》だなぁ」

相良宏一《こういち》はにこにこと機嫌良く笑っていた。

「だから、俺は貴和ちゃんの後任医長なんだってば」

「……何がだからですか。話が繋がっていません」

大成会の医局である。貴和は突然訪ねてきた珍客を前にしていた。

「先生、北西大の次期教授って方が、いったい何やってんですか。この秋には、教授選でしょう?」

「うん、だからやめた」

「だから、話が繋がっていません」

貴和はふうっとため息をつく。

「……何が気に入らないんですか。脳外はとっくに松永ファミリーの呪縛《じゅばく》から解放されたし、今回先生が教授になれば、脳センは盤石《ばんじゃく》じゃないですか」

「それがなぁ」

相良はこりこりとこめかみのあたりを掻いた。

「俺さ、ポイント不足で教授選自体に出られそうにないんだわ」

「ポイントって……認定医の試験じゃないんですから」

「だからさぁ」

相良はてへへと笑っている。

「俺、実務でがんばりすぎちまっててさ、学会とか全然出てなかっただろ。論文も書いてねぇし。教授選のプレゼンに出せるようなネタがねぇのよ」

大学の教授選は、単純な選挙だけ争われるわけではない。プレゼンなどと揶揄《やゆ》されているが、各候補が医学部の教授たちを前にして、今までの研究成果などを発表し、アピールする場が設けられるのだ。これはかなり厳正なもので、各候補は控え室もそれぞれに用意され、顔が合わないように、講義会場の出口と入り口を別にする念の入れようだ。制限時間は四十五分。自身の経歴をアピールしようと持ち時間を大幅にオーバーすると、まとめる能力がないものと見なされる。

「いくら何でも、五分で終わるプレゼンじゃあんまりだろ？　だからさぁ、はなっから出るのやめようと思って」

「先生……っ！」

「ああ、先生、わざわざご足労いただきまして」

ひょいと顔を出したのは、大成会院長の井澄だった。

「本来であれば、こちらからご挨拶に伺わなければならないところだったんですが」

「いんや、俺も久しぶりに貴和ちゃんの顔見たかったしな。しばらく、見られなくなりそうだし」

相良は優しい目で貴和を見ている。

「貴和ちゃん、よく……がんばったなぁ」

「神の御子ですからね」

井澄が柔らかい口調で言った。

「神の御子は、常に正しい道を見ているのですよ」

「井澄先生」

貴和は苦笑した。

「その……神の御子というの、いいかげんやめてください。最初に言ったのは、いったい誰なんですか?」

「おや」

「あらま」

ふたりの先輩医師は顔を見合わせている。そして、井澄がゆっくりと言った。

「御影先生、あなたを最初に神の御子と呼んだのは……私たちの大先輩である脳神経外科医です」

「え……」

意外な言葉だった。この奇妙なあだ名をつけたのが、はるか過去の人だったとは。

「穣の親父がまだ日本にいた頃だ。奴が担当した最後の患者がその人だった」

相良が後を引き取る。

「俺みたいなぱちもんじゃなくて、本物の神の手を持った人だった。だから、彼が末期の脳腫《しゅ》瘍《よう》とわかった時、俺たちは本当に神の皮肉というものを感じたよ。彼の担当医となった大信田はさまざまな治療を彼に勧めた。今なら、ガンマナイフなんかをやるところだが、当時はまだ実用化されていなくて、できることといえば、せいぜいラジエーション（放射線治療）かケモトラ（化学療法）くらいのものだったが、大信田も必死だった。何せ、神の手をもつ人だったからな。あの人を失うことは、日本医学界にとって大きな損失だった」

「しかし、先生はすべての治療を拒否なさいました。もう静かに……していたいと。今まで、多くの患者さんたちに自分が与えてきた苦しみを甘受したいと……」

貴和は小さく頷いた。

ほとんどの医師たちが、ターミナル（末期）の患者に出会った時にぶつかる疑問だ。どこまで治療を行えばいいのか。治癒の可能性のない患者にとって、苦痛を伴う延命はメリットとなるのか。

「私たちはもう何も言えませんでした。それは大信田も同じでした。誰もが彼に、一日でも、一秒でも長く生きていてほしいのに、それができない。しかし……それをほんの一瞬でやってのけた……天使が現れたんです」

「天……使……？」

　きょとんと目を見開いた貴和に、相良が笑った。

「あんただよ、貴和ちゃん」

「え……？」

「あの頃、大信田の細君は軽いノイローゼになっていて、まだ三つかそこらの穣の面倒がみられなくなっていたんだ。で、奴は貴和ちゃんの家に預けられていたんだが、あの時は……何だったのかなぁ、見舞いかなんかだったんか、貴和ちゃんの両親に連れられて、おまえらふたりが病院に来ていたんだ」

　井澄が続けた。

「大信田先生は父親である大信田にそっくりですからね。看護師たちが大信田先生をかまっているうちに、あなたはある病室に入り込んでしまった。そこが……彼の部屋でした」

　井澄は穏やかに微笑んでいた。

「これはあとで聞いた話ですが、あなたは彼に向かって、いきなり言ったんだそうです。『おじさん、病気なの？』と」

「……あた……」

　思わず頭を押さえる貴和に、相良が笑う。

「まぁ、三歳の子供だからな。仕方ねぇさ」

「彼も『そうだよ。もうじき死ぬんだよ』と答えたというのですから、どっちもどっちですね。そんな彼に、あなたは言ったそうです。彼のやせ細った手を小さな両手でしっかりと握って『でもまだ死んでないね。手があったかい』。彼は本当にそこに天使の姿を見たと言っていました。自分はまだ生きている。死んではいない。死がこの身に降りてくるまで、自分は脳外科医として生きているのだと、彼は目の前の天使に教えられたと笑っておられました」

まったく覚えていない話だった。しかし、貴和が幼かった頃、大信田が貴和の実家に預けられていたのは本当だし、その頃、貴和の祖父が北西大に入院していたのも本当であるから、これは全くの作り話ではないだろう。

「彼はその後、大信田を呼んで、君の薦める治療法を言ってみたまえと言い、かなり実験的なそれをすすんで受けてくれたのだそうです。経過をしっかりと見届けなさいと言って」

「……手遅れだった。しかし、彼の死は無駄じゃなかった。最後まで理性を失わなかった彼は、俺たちに、患者の側に立った治療経過という素晴らしい贈りものを残してくれた。彼の最期の言葉は大信田が聞いた」

井澄が慈しむような口調でゆっくりと言う。

「最後の最後で、神の御子に出会えたよ。僕は幸せだ」

「井澄先生……」

「相良先生から、あの神の御子が医者になったと聞いた時、私はやはり神のお導きというものがあるのだと思いました。ですから、私はあなたをそう呼んだんです。神の御子とね」

道は続いているのだと思った。闇の中に途切れたと思った道はやはり続いていたのだ。ずっとずっと前から、ずっとずっと先へと。

「貴和ちゃん」

相良がぽんと貴和の肩を叩く。

「よく……がんばったな」

エピローグ

貴和を乗せた飛行機は、霧の中で旋回を続けていた。

時間は午後九時。すでに着陸時刻を一時間近く過ぎている。

『大変にお待たせしております』

何度目かの機長の機内放送。

『ボストン空港は霧のため、十五分後に閉鎖されます。これより着陸を試みますが、このトライが最後となります。再び上昇した場合はスタンバイ空港である……』

〝ここまで来て……ずいぶんと間を持たせてくれるね〟

貴和は軽くため息をつき、リラックスするように肩を幾度か上下させた。珍しくも、緊張している。この緊張が、着陸トラブルによるものなのか、それとも……。

巨大な旅客機は、霧の中、ゆっくりと高度を下げていった。

空港は人生の交差点だと言った人がいる。さまざまな人たちの人生がそこで交差し、すれ違うからだ。

霧のため、一時間半の延着となった成田《なりた》発ボストン行きの客たちが、疲れ切った表情で飛行機から吐き出され、ロビーを足早に横切る中、貴和は戸惑ったように立ち止まった。

「えっと……」

貴和は背伸びするような仕草で、行き交う人並みを眺めていた。日本人の標準よりもやや小型の身体は、欧米人の間に入ってしまうとほとんど子供である。

たくさんの人、人、人。どうして、こんなにたくさんの人がいるのだろう。こんなにたくさんの人の中に……。

「あ……」

しかし、なぜか見えてしまうのだ。行き過ぎる人がほんの一瞬、途切れた隙間《すきま》に。

飛行機は延々と旋回を続けていた。

『降りられるのかしら』

隣で、霧のために薄明るくなっている空を見上げていた金髪の女性がため息をついた。

〝降りて……こい……〟

祈るように、大信田もまた空を見上げた。

二年間、ずっとこの日を待ち続けた。この空は日本に続いていると信じて、その一言を口にすることなく、ただ黙々と研究に没頭した。

「降りて……来い……」

この腕は、ただおまえだけを待っている。

その一言を告げるために。


その瞬間、まるで奇跡のように、人波が途切れた。貴和は振り返る。そして、見つめた。

そして、その人もまた、華奢《きゃしゃ》な貴和をしっかりと見つめていた。

歩き出す。一歩、二歩。そして、すぐに走り出す。

人波を破るようにして、彼もまた走り出していた。

二年間、どれほどこの瞬間を待っていたことだろう。診療に駆け回りながらも、眠る間も惜しんで論文を書いた。ただ前だけを向いて走り続けた。

『貴君を当大学に研究員として招聘させていただきます』

そのメールだけを待ちながら。

「貴和っ！」

懐かしい、よく響く声。もう手を伸ばせば届く。指先が触れ合う。

「穣……っ！」

煙草とコーヒーの香り。高めの体温に包まれて、貴和はこれが夢ではないことを願う。

「会いた……かった……」

そっとつぶやく呪文《じゅもん》。この二年間、封印し続けた言葉。口にしてしまったら、きっと壊れてしまうから、ずっとずっと胸の中にしまっておいた大切な言葉。

「会いたかった……っ！」

そして、一気に溢れ出す言葉。涙。笑顔。

「会いたかった……ずっと……ずっと、会いたかった……っ！」


一歩歩み出したその道は、明るい光に溢《あふ》れていた。

ほろほろと散る花びらの中で触れ合う肩の温かさは、懐かしい時間を思い出させてくれる。

ここから、もう一度一緒に歩こう。

光り輝く、この真っ直ぐな道を。

あとがき

こんにちは、春原《すのはら》いずみです。

担当Yさん曰《いわ》く「春原版　白い巨塔」（笑）、いかがでしたでしょうか。

知っている方は知っている、知らない方はまったく知らないことですが、私は作家業よりも長く、医療業界で仕事をしています。今回の『神の右手……』の中で取り上げた「血栓溶解」にも実際に携わったことがありますし、神の御子（笑）ほどでないにしても、いわゆる天才級の腕を持つドクターにも何人か会ったことがあります。しかも、そのことごとくがほとんど人間的に破綻《はたん》していることも知ってたりして（笑）。

こういった背景を持っている関係で、私は作家としてデビューしてから今まで、かなり多くの医者ものを書いてきましたが、諸事情により、キャラさんではコミックの原作をやっただけで、本格的な医者ものを書きませんでした。それをそろそろ解禁しましょう……ということで書かせていただいたのが、本作です。Yさんとの打ち合わせで決定したことはひとつ。「春原さんが書くんですから、医療行為を実際に行っている本物の医者を書きましょう！」でした。もちろん、本当のことを書いてしまったら、まったく小説的に成り立たなくなってしまうので、そこは適度にわかりやすくアレンジしましたが、基本は「実際にメスを持ち、カテを操る医者を書く」です。どうぞ「春原版　白い巨塔」ご堪能くださいませ。

そして、ここでひとつ本文のフォローを。本文中では、『助教授』『講師』という役職名を使用しておりますが、これは平成十九年四月の法改正で使われなくなったものです。本文執筆後に知ったことでしたが、ラストシーンを現在と考えていただければ（ちょっとネタバレ）ＯＫかということで、あえてそのままの形で出版させていただくことを付け加えておきます。

今回のイラストは有馬《ありま》かつみ先生にお願いいたしました。舞台が大学病院という性質上、キャラクターが多い上に、特殊な業界なので、たいそうなご苦労をおかけしてしまいました。しかし、うっとりものの白衣の人々は、今は事情により病院実務を離れている私にもう一度復帰しようという力まで与えてくださいました。本当にお忙しい中、ありがとうございました。

そして、相変わらず煽《あお》りに煽ってくれる担当Yさん、ありがとう。また長くなってしまってごめんなさい。五分間平伏。

キャラ文庫では初お目見えとなりました春原いずみの医者もの、待っていてくださった方、初めて手にとるという方、いかがでしたでしょうか。楽しんでいただけたら、幸いでございます。

それでは、そろそろ診療時間も終わりに近づきました。SEE　YOU　NEXT　TIME！

初夏の早朝に

春原　いずみ

この本を読んでのご意見、ご感想を編集部までお寄せください。

《あて先》〒105－8055　東京都港区芝大門2－2－1　徳間書店　キャラ編集部気付
「神の右手を持つ男」係

■初出一覧
神の右手を持つ男……書き下ろし

Chara

神の右手を持つ男……【キャラ文庫】

2007年7月31日　初刷

著者　春原いずみ
発行者　市川英子
発行所　株式会社徳間書店
〒105-8055　東京都港区芝大門2-2-1
電話048-451-5960(販売部)
03-5403-4348(編集部)
振替00140-0-44392

印刷　図書印刷株式会社
製本　株式会社宮本製本所
カバー・口絵　近代美術株式会社
デザイン　海老原秀幸

ISBN978-4-19-900447-6

好評発売中

春原いずみの本
【舞台の幕が上がる前に】
イラスト◆禾田みちる

舞台の幕が上がる前に
IZUMI SUNOHARA PRESENTS
春原いずみ
イラスト◆禾田みちる
噛みつくなよ、野良猫。
歯をたてるのは許さない。
キャラ文庫

抱くときはいつも服を脱がず、一方的に奪うだけ――。酷薄な美貌と凄艶なオーラで耀《よう》の身体を支配するのは、当代一の舞台演出家・城島《きじま》憂《うき》。ＴＶのアイドル俳優からの脱皮を図る耀は、城島のオーディションを受けたのだ。ところが城島は、耀の人気と容姿には目もくれず、「野良猫をしつけるのは厄介だな」と勝手気ままに抱くばかり。逆らえない耀は、屈辱と快感を耐えるけれど…!?

好評発売中

春原いずみの本【キス・ショット！】

イラスト◆麻々原絵里依

ロンドン・プロビリヤード界に君臨する「アイスドール」──それは、緻密な頭脳プレイと、勝っても表情を変えないクールな美貌の榛原《はいばら》澄生《すみお》の異名だ。そんな澄生に一目惚れしたのは、留学中の大学生・津田《つだ》裕也《ゆうや》。酔った勢いでキスしてきて「ビリヤードを教えて下さい」と強引にアプローチ!!　素直で人懐こい年下の男に、次第に澄生もほだされて…!?　スリリングLOVEロマン♥

好評発売中

春原いずみの本
【赤と黒の衝動】
イラスト◆夏乃あゆみ

高校時代に牡丹の新品種作出に成功した早熟の天才──大学で牡丹の交配を研究する野《の》添《ぞえ》智《さと》史《し》は、一つ年上の大学生・齋《さい》木《き》凌《りよう》に一目で気に入られてしまう。本業は実は新進気鋭の華道家の齋木は、新興松葉《しょうよう》派の御曹司。「おまえの作る花は俺のものだ」と当然の権利のように口説いてくる。密かに研究に行き詰まっていた智史は、齋木の力強い作品に、感性と官能を刺激されていき…!?

好評発売中

恋愛小説のように
春原いずみ
イラスト◆香雨
極上の男に磨かれて
少年は恋と官能を育てる——

春原いずみの本

【恋愛小説のように】

イラスト◆香雨

高校の宿題で書いた小説が、まさかの新人文学賞受賞!! その上その作品が映画化決定!! 美大に進学した矢先、作家の未来が拓けてしまった暁史《あきふみ》。実は暁史は、一流画家の幼なじみ・芦田《あしだ》に憧れて絵の道に進んだのだ。けれど、いつも暁史に甘い芦田が、なぜか映画化には否定的。進路に悩む暁史は、反発して映画のロケに同行する。ところがそこで、主演俳優の牧本《まきもと》にキスされてしまい!?